Canale Giro

Commissario Morettis erster Fall

Tim Che

Meiner Tochter Laetitia gewidmet, die ihre Schnuller-Entwöhnung auf venezianische Art vornahm: mit einem entschlossenen Wurf ihres Nuckels von unserem Altan (Dachterrasse) in den Canal.

1

Mühsam war ihr Weg. Nur langsam kam sie in den engen Gassen Dorsodurus, einem der sechs Stadtviertel Venedigs, voran. Touristenmassen verstopften die Stadt – wie das Hochwasser im Winter, überfluteten im Sommer Millionen Besucher die *Serenissima*, die Erlauchte.

Sie fluchte leise.

Sie hatte es eilig.

Zu spät war sie ohnehin schon; nun versuchte sie, verlorene Zeit aufzuholen und verfiel in den Laufschritt.

Es war einer der heißesten Tage des Sommers und die Mittagssonne brannte senkrecht vom Himmel, schnitt wie ein Laserstrahl in die schmalen Straßen, in denen die aus den Kanälen aufsteigende Feuchtigkeit schwül und stinkend waberte. Der Schweiß rann ihr in Strömen die Stirn hinab. Mit einer fahrigen Bewegung strich sie sich die nassen Strähnen ihrer langen, schwarzen Haare aus dem Gesicht und stolperte aus der Calle Cantarini auf den weitläufigen, sonnenüberströmten Campo Santa Margherita

„Markt! Ausgerechnet heute ist Markt", dachte sie und schlängelte sich an den bunten Ständen, an denen fröhlich schwatzende Händler wort- und gestenreich ihre Waren anboten, vorbei. Manch verwunderter Blick folgte der jungen Frau mit den dunklen Augenringen, die sich mit verkniffenem Gesicht rempelnd den Weg über den Platz bahnte. Schon hatte sie ihn überquert und tauchte wieder in das Labyrinth der Gassen, Brücken und Kanäle ein. Ihre hochhackigen Schuhe klapperten geschwind über die rohen Steinquader, die auf den unzähligen Holzstämmen ruhten, die Venedigs Fundament bildeten.

Eine Stadt auf Wasser gebaut – wie auch ihre Träume?

Wieder zog sie ein Handy aus ihrer großen, schwarzen Umhängetasche, die schwer auf ihren Schultern lastete. Aber schwerer wog die Sorge: Seit gestern Nachmittag konnte sie Angelo nicht mehr erreichen! Mit zitternden Fingern drückte sie die Wahlwiederholungstaste des auffallend billigen Handys, das in starkem Kontrast zu ihrem eleganten Kostüm stand, und presste es voll banger Hoffnung an ihr Ohr.

Wie oft hatte sie es schon probiert? Zehnmal? 20-mal?

Öfter! Und immer nur schien das Tuten des Freizeichens sie zu verhöhnen, hallte ihr dumpfe Ungewissheit aus dem Hörer entgegen.

Den ersten Zug hatte sie bestiegen – nach einer nicht enden wollenden, schlaflosen Nacht, in der ihr weder Tabletten noch Alkohol Ruhe gebracht hatten, war sie um halb vier aus der Wohnung in dem schäbigen Mehrfamilienhaus auf die stille, dunkle Vorortstraße im Westen Mailands getreten. Noch immer hatte der schwarze Asphalt die gespeicherte Hitze des Tages abgestrahlt – ein warmer Hauch in der frischen Kühle der sternenklaren Nacht, deren samtige Schwärze im Osten bereits verblasste.

Der Mailänder Hauptbahnhof hatte verschlafen gegähnt. Kein Stimmengewirr lärmte durch die metallenen Gewölbe, keine Bremsen quietschten auf dem Gleisen, keine Durchsagen quäkten aus den Lautsprechern, keine Züge rangierten, keine Schaffner pfiffen und keine Reisenden schleppten schweres Gepäck eilig von hier nach dort. Nur die zischende Espressomaschine im Bahnhofscafé hatte sich bemüht, mit dem belebenden, schwarzen Gebräu die am Tresen Stehenden zu versorgen. Erste Fahrgäste studierten dort die Fahrpläne, das Zugpersonal der Frühschicht bereitete sich auf einen neuen Arbeitstag vor, der Reinigungstrupp freute sich bereits auf den nahenden Feierabend, zwei Bahnhofspolizisten stärkten sich mit einem im Backofengrill aufgewärmten Sandwich – und am Gleis 1, an dem in 20 Minuten der Regionalzug nach Verona abfahren sollte, hatte einsam eine Frau gestanden.

SIE, die schwarz gekleidete, deren Gesicht eine große, dunkle Sonnenbrille halb verdeckte, die nervös immer wieder auf ihre Uhr schaute und tief an ihrer Zigarette zog, die sie zwischen ihren rot lackierten Fingernägeln hielt.

Mauro, der Schaffner ihres Zuges, hatte sie verstohlen beobachtet. Attraktiv war sie – keine Frage! –, aber eine dunkle und geheimnisvolle Aura umgab sie. Mauro bildete sich ein, ein guter Menschenkenner zu sein. 25 Jahre als Zugbegleiter hatten seinen Instinkt geschärft und sein Wissen gemehrt. Wie ein guter Polizist die Verbrecher riechen konnte, konnte auch er seine Fahrgäste einschätzen. Die junge Frau an jenem Morgen aber gab ihm Rätsel auf. Weder war sie eine Urlauberin – viel zu früh war es für diese Spezies, die meist laut lärmend wie kopflose Hühner von Bahnsteig zu Bahnsteig hetzten –, noch eine der Berufstätigen auf dem Weg zur Arbeit. Mauro ahnte, dass ihre Fahrt nicht alltäglich war. Sie wirkte nicht routiniert – im Gegenteil. Unsicherheit verströmte sie, vielleicht sogar Angst? Mauro kratze sich an seinem unrasierten Kinn. Er war gespannt darauf, nachher ihre Fahrkarte zu kontrollieren, seine Neugierde zu befriedigen und das Rätsel um die schöne Unbekannte zu lösen.

Zwei Stunden später war Mauro von diesem Ziel noch so weit entfernt, wie sein Zug dem Zielbahnhof. Schwer ruhten die Waggons auf den Schienen, leise vibrierte die Lokomotive im Leerlauf, ab und zu ein ungeduldiges Zischen tief aus ihren Eingeweiden von sich gebend. Bereits seit einer geschlagenen Stunde standen sie kurz vor Brescia an einem roten Haltesignal. Die Zugleitstelle hatte ihre bis dahin pünktliche Reise gestoppt und sie auf das Abstellgleis geschickt. Ein voll beladener Lastwagen war an einem Bahnübergang verunglückt und versperrte die Strecke, das hatte Mauro vorhin den mürrischen und genervten Fahrgästen durchgesagt.

Das Reiseziel der rätselhaften Frau hatte Mauro beim Abstempeln ihres Tickets erfahren: *Stazione*

Ferrovia Santa Lucia, Venezia. Freundlich hatte er sie auf den Anschlusszug in Verona hingewiesen und versucht, sie in ein Gespräch zu verwickeln; sie aber hatte nur ein knappes Grazie hervorgepresst, ihren Blick von ihm abgewendet und war verschlossen geblieben.

Nachdenklich hatte Mauro ihr nachgesehen, als sie den Zug verlassen hatte. Ganz sicher war er sich nicht – er glaubte aber in ihrem flackernden Blick, als zwei Bahnpolizisten in ihr Abteil geschaut und sie aufmerksam gemustert hatten, Angst gesehen zu haben. Wie eine Ertappte hatte sie schuldhaft zu Boden geschaut.

„Verona! Endlich!"

Rennend erreichte sie den aus München kommenden Intercity, der sie ohne besondere Vorkommnisse binnen einer guten Stunde am Bahnhof Santa Lucia ausgespien und in den venezianischen Touristenstrom entlassen hatte. Die lange Warteschlange vor der Haltestelle des *Vaporettos,* des gedrungenen Schiffes, das als Wasserbus die Kanäle befuhr und Passagiere beförderte, ließ sie ohne Umschweife den Fußweg einschlagen. Ohnehin brauchte das *Vaporetto* der *Linea 1* bis zur Stazione Giglio länger, als sie zu Fuß benötigte. Sie benutzte natürlich nicht die ausgeschilderte Route vom Bahnhof Richtung Markusplatz, der die Touristen Lemmingen gleich folgten, sondern sie kürzte Zeit und Weg im für Fremde undurchsichtigen Gewirr der Gassen San Polos und Dorsodurus ab, um keuchend und schwitzend nach nur 25 Minuten die Holzbohlen der Brücke über den Canal Grande bei der *Galleria Accademia* unter ihren schmerzenden Füßen zu spüren. Ein weiteres Mal holte sie ihr Handy hervor und versuchte, Angelo zu erreichen.

Vergeblich.

Frustriert steckte sie es wieder ein. In wenigen Minuten würde sie ohnehin da sein! Angelo würde sie überrascht und freudestrahlend in die Arme schließen und sie wegen ihrer Sorgen necken.

In der Gasse zwischen Campo San Angelo und Campo San Maurizio wurde ihre Geduld erneut strapaziert, weil sie nur im Gänsemarsch hinter einer Horde amerikanischer Kreuzfahrttouristen, die filmend und fotografierend die Palazzi, Kanäle und Gondeln bestaunten, hinterher traben konnte.

„Ich werde mit Angelo sprechen. So kann es nicht weitergehen!", nahm sie sich vor.

Erst letzte Woche hatte sie mit ihm gestritten – er hatte wieder versucht, ihre Ängste und Sorgen mit einer lapidaren Handbewegung wegzuwischen. Sie hatte nicht nachgegeben, sondern darauf bestanden, angehört und ernst genommen zu werden.

Schließlich hatte sie Recht!

Auch Angelo wusste das, nur wollte er sich das Risiko, mit dem sie lebten, nicht eingestehen.

Angelo, der stets lächelnde Optimist und Lebenskünstler ... ihr Angelo; den sie liebte und mit dem sie sich eine Familie wünschte: *due bambini* und ein ruhiges Leben in einem kleinen Häuschen in der

Lombardei.

Angelo hatte ihre Diskussion abrupt beendet – Arbeit warte auf ihn, er habe noch viel zu erledigen – und war die Treppen hinab in den Laden geeilt;

und sie war traurig zurückgeblieben und hatte sich später alleine im Bett leise in den Schlaf geweint.

Schon von weitem sah sie, dass die beiden Rollläden vor dem Schaufenster und der verglasten Eingangstüre zur Hälfte heruntergelassen waren. Sie warf einen Blick auf ihre Uhr: „Erst halb eins, der Laden sollte noch geöffnet sein!", dachte sie und die an ihren Nerven nagende Sorge wurde größer. Sie biss sich auf ihre Lippe – zu fest! – und ein kleiner Tropfen Blut quoll aus der sofort anschwellenden Wunde.

„Bitte, bitte lass alles gut sein!", murmelte sie leise und sandte Stoßgebete zum Himmel.

Der kleine Laden lag im Schatten. Im Inneren brannte kein Licht. Schon wollte sie zum Eingang des Mehrfamilienhauses eilen, von dessen Hausflur aus sie nicht nur zur Hintertür des Geschäfts gelangen konnte, sondern in dessen erstem Stock auch ihre gemeinsame Wohnung lag, als sie aus den Augenwinkeln bemerkte, dass der Riegel nicht vorgeschoben war. In das altertümliche Schloss hatten Angelo und sie nie Vertrauen gehabt und hatten von innen an der Ladentüre einen schweren Metallriegel anbringen lassen. Er war nicht vorgeschoben.

„Ist Angelo im Laden?" Zweifelnd versuchte sie, im Halbdunkel des Ladens etwas zu erkennen, kniff ihre

Augen zusammen, schirmte sie ab und presste ihr Gesicht gegen die Glastür – die mit einem lauten Klacken aufsprang und langsam nach innen schwang.

Erschrocken zuckte sie zurück und taumelte auf die Gasse; regungslos stand sie dort einige Sekunden, während Touristen an ihr vorbeiströmten.

Die böse Vorahnung in ihrem Kopf verwandelte sich schlagartig in ein kreischendes Inferno. Adrenalin schoss durch ihren Körper und ihr Herz raste.

Sie machte ein paar kleine, schnelle Schritte auf die Eingangstür zu, bückte sich und wand sich geschickt unter dem niedrighängenden Rollladen ins Innere des Geschäftes.

Ihre Augen brauchten einen Moment, um im Dämmerlicht etwas zu erkennen. Es war still; weder summte die Klimaanlage, noch dudelte das Radio, das Angelo immer auf *Rai Due* eingestellt ließ und oft mit Pfiff, wenn sie seine Lieblingslieder spielten. Es roch muffig. So wie immer, wenn sie am Morgen den Laden öffneten. Aber da war noch ein anderer Geruch: süßlich, und trotzdem streng. Sie schluckte die aufkommende Übelkeit herunter und bewegte sich mit angehaltenem Atem durch den menschenleeren Laden. Sie schlich an den vorderen Regalen und der großen, schwarzen Ledercouch, auf der oft die Männer Platz nahmen und in den ausgelegten Zeitschriften blätterten, während ihre Frauen in den Auslagen stöberten und die Angebote prüften, vorbei Richtung Tresen. Dort saß Angelo während der Öffnungszeiten und bediente die Kassen.

Auch die Kasse, die ihr Angst machte.

Sie war ausgeschaltet, ihr Computermonitor war dunkel.

„Sicher ist Angelo oben in der Wohnung. Er hat die Mittagspause vielleicht früher begonnen?" Sie glaubte nicht daran – aber hoffte es.

Sie betrat den schmalen Flur, der in die hinteren Räume des Geschäfts, Lager und Büro, führte und von dem aus man in das Treppenhaus des Wohnhauses gelangen konnte. Auch hier war alles dunkel.

„Angelo?!" Zweifelnd rief sie seinen Namen und öffnete die Tür zum Lagerraum.

„Angelo?!" Der Ruf ihrer brüchigen Stimme blieb unbeantwortet. Noch einen schnellen Blick wollte sie in das Büro werfen, bevor sie oben in der Wohnung nach im suchte. Sie stieß die angelehnte Tür auf, die gegen ein Hindernis prallte und von diesem blockiert wurde.

Ein Hindernis, das früher nicht da war.

Tim Che

2

Maria wunderte sich. Nicht nur, weil das Lederwarengeschäft gegenüber schon den ganzen Tag geschlossen war, die Rollläden halb hinuntergelassen waren, sondern weil merkwürdigerweise die Eingangstür einen Spalt offenstand. Einen winzigen Spalt nur, aber offen war sie, da hatte sie sich nicht verguckt, stellte Maria fest. „Ha!" – wenn sie eines hatte, dann scharfe Augen. Und auch das junge Paar, das erst im Frühjahr den Laden eröffnet hatte, hatte Maria den ganzen Tag noch nicht gesehen.

Nachdenklich nahm sie die metallenen Eiskübel, die die stetige Nachfrage der Touristen bis auf wenige Kugeln geleert hatte, aus der Vitrine und trug sie in den hinteren Raum, die Küche, in der sie das Eis herstellte.

Wann hatte sie die junge Frau, die immer nur die teuersten Designerkleider zu tragen schien, und den einige Jahre älteren Mann zuletzt gesehen, überlegte Maria. Gestern Morgen, das wusste sie ganz genau, hatte er ihr zur Begrüßung zugenickt, als er vor seinem Laden stehend eine Zigarette geraucht hatte.

Aber danach nochmal?

Vielleicht.

Vielleicht aber auch nicht.

Scheppernd fiel ihr der glitschige Eisportionierer aus der Hand. Maria schimpfte mit sich selbst und zwang sich, zügig und konzentriert das Eiscafé zum Ladenschluss aufzuräumen und nicht über das andere

Geschäft nachzudenken.

Eine Stunde später schloss die erschöpfte Maria Donzi ihre *Gelateria* zu und machte sich auf den Weg nach Hause. Sie warf einen letzten, prüfenden Blick auf ihre Eisdiele und ruckelte an der Tür.

„Alles gut", murmelte sie und wollte schon los eilen, als sie die immer noch offenstehende Tür des Lederwarengeschäfts gegenüber bemerkte.

Sie hatte sich nicht an dem Tratsch der anderen Ladeninhaber beteiligt. Sie pflegte zu ihnen ohnehin nur die notwendigsten Kontakte und galt bei ihnen als die meist mürrische und abweisende Eisverkäuferin, die zwar das beste Eis der Stadt machte – ihr *Pistaccio* ein Gedicht, ihr *Stracciatella* eine Offenbarung und erst ihr *Schokolata*! –, die aber niemand als nette und freundliche Nachbarin bezeichnen würde.

Der komische Laden gegenüber, der von den umliegenden Geschäftsleuten skeptisch beäugt wurde – obwohl sie ihm so viel zu verdanken hatten! – aber gab wahrlich Anlass für Spekulationen.

Maria hatte sich schon mehrmals Vermutungen über den Laden hingegeben: Auffällig viele Kunden betraten das gepflegt wirkende Geschäft – modern war es, aber auch nicht zu protzig – und kamen nicht ohne etwas gekauft zu haben wieder heraus. Soweit, so gut – über zahlende Kundschaft ist jeder Ladeninhaber glücklich und dagegen hatte auch Maria nichts einzuwenden.

Aber die Preise!

Gesalzene Preise sind in Venedig ja normal, der Stadt, in der 20 Millionen Touristen wohl mehr chinesische Waren kauften als italienische – aber günstige Preise? Maria hatte ungläubig mit dem Kopf geschüttelt, als sie kurz nach der Eröffnung des Geschäfts gegenüber in dessen Schaufenstern die Waren begutachtet hatte: So billig waren sie! „Eine echte Lederhandtasche aus italienischer Fertigung für 29,- Euro?! Wie kann das sein?", hatte sie sich gefragt.

Bis heute hatte sie dort nichts erworben – aber immer wieder nahm sie sich vor, ihren Nachbarn einen Besuch abzustatten und sich selbst etwas Schönes zu gönnen und eine Freude zu machen.

Missmutig zog sie ihre Mundwinkel herunter, als sie über die offenstehende Tür des Nachbargeschäfts grübelte – und stolperte ganz in Gedanken versunken über das Klappschild, das der Inhaber der Pizzeria nebenan immer mitten auf dem engen Gässchen, durch das sich Tag für Tag die Touristenströme hindurchschoben, platziert hatte.

„*Vaffanculo!*" Sie gab dem Schild einen Tritt, so dass es scheppernd umfiel. Grimmig schüttelte der Pizzabäcker, der sie beobachtet hatte, den Kopf und drohte ihr mit hochgereckter Faust.

„Ach, soll der doch denken, was er will und mich für garstig halten!" Dabei war sie gar nicht so – Maria war im Grunde ihres Herzens ein guter und einfacher Mensch, eine Handwerkerin, die die Eisherstellung und das kleine Geschäft von ihrem Vater geerbt hatte – schon als kleines Mädchen hatte sie in der Eisdiele mitgeholfen – und in den Sommermonaten von früh bis spät hart schuftete, um genug Geld für sich und ihre zwei Kinder, die 9-jährige Francesca und den kleinen Paulo, zu verdienen.

So war sie auch an jenem Abend hin- und hergerissen zwischen strebsamer Pflichterfüllung und hilfsbereiter Güte und ging nur zögernd und mit Widerstreben auf die offene Tür des Lederwarengeschäftes zu – aber sie ging! – und sollte es noch lange bereuen.

3

„Nehmen Sie ein Taschentuch", sagte der Sergente Mauro Barillo zu dem elegant gekleideten Mann und hielt ihm eine Packung Taschentücher hin. „Er riecht schon." Der Sergente zuckte entschuldigend mit seinen Schultern.

Zwar hatte er den Commissario angerufen – lange hatte es gedauert, bis der Commissario sich mit einem mürrischen *„Pronto"* gemeldet hatte –, aber die Dienstvorschrift verlangte nun mal, dass der diensthabende Kommissar bei jedem Verbrechen hinzugezogen werden musste. „Erst recht bei einem solchen!", dachte der Sergente. Da hatte er keine Ausnahme machen können.

Trotzdem war es ein Jammer, dass der Kommissar ausgerechnet an seinem ersten Arbeitstag zu einem der wenigen Mordfälle, die in der Lagunenstadt geschahen, gerufen wurde.

Der Commissario beachtete die gereichten Taschentücher nicht, sondern ließ seinen Blick langsam durch den Laden schweifen, in den er, vom Sergente in Empfang genommen, einige Sekunden zuvor eingetreten war. Aufmerksam musterte er das Lederwarengeschäft und fragte mit leiser Stimme: *„Dove?"* Wo?

Der Sergente hatte bei ihrer ersten Begegnung am Vormittag in der Questura bereits bemerkt, dass der

Süditaliener kein Mann großer Worte zu sein schien und er beeilte sich deshalb, zu antworten: „Hinten durch", und zeigte mit ausgestrecktem Finger ans Ende des Ladenlokals.

„Was für eine Sauerei", dachte der Sergente, als er dem Commissario in das Büro folgte. An den Tatort – wie unschwer zu erkennen war. Unbarmherzig tauchten die großen Halogenscheinwerfer der Spurensicherung den kleinen Raum in gleißendes Licht.
Überall war Blut.
Unendlich viel Blut.

Der Sergente hatte in einem anderen Fall in einer Schlachterei ermitteln müssen – daran erinnerten ihn die blutbespritzten Wände des vollgestellten und unordentlichen Raums. Auch auf dem Fußboden waren mehrere große Blutlachen und dann die Leiche ... mit einem Würgen wandte er sich ab und stellte sich zu den Kollegen der Spurensicherung, die auf dem Flur schweigsam rauchten.
Carlo, dessen dunkle Augenringe noch größer waren als sonst, nahm einen letzten, tiefen Zug aus seiner heruntergebrannten Zigarette und schnippte sie in das Treppenhaus. „Ist er das, Mauro?", fragte Carlo Sergente Barillo.
Mauro nickte.
„Aus Bari, hä?", raunte Carlo Mauro zu und starrte mit abschätzigem Blick auf die Bürotür, hinter der sich der Tatort befand.
„Was macht der bei uns?", fragte er Mauro weiter,

sich ihm nun zuwendend. „Ein Bauer aus dem Süden hat uns gerade noch gefehlt", stöhnte Carlo leise.

Mauro wusste, worauf Carlo anspielte: Das Polizeikommissariat, die Questura, hatte seit der Pensionierung des alten Commissarios vor 17 Monaten kein glückliches Händchen bei der Neubesetzung der Stelle gehabt. Zuerst diese *Putana* von der Polizeiakademie aus Rom, die in ihrem *Prada-Kleidchen* wie ein billiges Flittchen durch die Questura gestöckelt war und mit ihren neuen Methoden alles durcheinander zu bringen drohte, dann der Kommissar aus Padua, dem schon nach drei Wochen die tägliche Fahrerei zu viel wurde und der sich krankschreiben ließ – und nun der Bauer.

„Besser, er ist nur ein Bauer, als einer von der Mafia", murmelte Mauro mehr zu sich selbst, als zu Carlo. Denn schon beim ersten Kennenlernen hatte Mauro die piekfeinen Anzüge des Commissarios argwöhnisch beäugt, die ein Vermögen gekostet haben dürften – vielleicht war der Neue sparsam, hatte geerbt oder reich geheiratet?

„Barillo!" Der Ruf des Commissarios riss Sergente Mauro Barillo aus seinen Gedanken. Diensteifrig eilte er in das Büro, im dem sich der Commissario tief über den Schreibtisch gebeugt hatte und bewegungslos verharrte. Sein Gesicht war nur wenige Zentimeter von der blutigen Hand, die am Schreibtisch festgenagelt war, entfernt.

„Barillo, einen Beweisbeutel!", befahl er dem Sergente und versuchte, den Brieföffner vorsichtig aus dem Handrücken des Leichnams zu ziehen. „Todeszeitpunkt?", fragte der Commissario.

Sergente Mauro Barillo war überrascht. Woher sollte er das wissen? Er war kein Arzt; und der Arzt, den die Questura üblicherweise bei Todesfällen hinzuzog, war nicht zu erreichen gewesen.

„Ähm, Commissario, das Handy des Dottore ist ausgeschaltet. Die Kollegen aus Mestre versuchen, uns ihren Arzt zu schicken."

Commissario Moretti schloss seine Augen für einen Moment und atmete tief durch.

Es war schlimmer.

Viel schlimmer!

Wenn er nicht weggemusst hätte – besser schon gestern, als heute – dann hätte er seine geliebte Heimat Apulien nie verlassen.

Wieso aber musste man ihn ausgerechnet in diese stinkende Touristenhochburg im Norden versetzen? In dieses aus allen Nähten platzende Provinzstädtchen, in dem einem vor lauter kitschigen Porzellanmasken und quäkenden *Gondolieri* nur schlecht werden konnte.

Sein Vorgesetzter, der ihn mit mitleidigem Blick verabschiedet hatte, hatte ihm auf den Rücken geschlagen und fest umarmt: *„Sie werden Ihren Weg auch dort gehen, Alessandro"*, hatte er ihm gesagt. „Und in ein paar Jahren, wenn ein bisschen Gras über die Sache gewachsen ist, dann kommen Sie zurück."

„Ein paar Jahre?!" Alessandro Morettis Nasenflügel blähten sich, als er tief einatmete und einen kräftigen Atemzug durch seine Nasenlöcher ausstieß: Er hatte schon vom ersten Tag genug. Erst der Streit am

Morgen mit Laura, dann seine frostige Amtseinführung in der Questura – und wenn er an seinen neuen Arbeitsplatz dachte, wusste er nicht, ob er lachen oder weinen sollte: keine Heizung, kein Computer, kein Selbstwahltelefon. Die Möbel uralt und abgegriffen, der Stuhl quietschte, von den Wänden blätterte der Putz und – er hatte sich nicht getäuscht! – sie schimmelten.

Das konnten auch die beiden durchaus attraktiven Sekretärinnen in der Questura nicht wettmachen.

Ohnehin schlug sein Herz nur für Laura. Trotz ihrer Streitereien, die nicht erst seit ihrem Umzug an der Tagesordnung waren. Moretti seufzte und bemühte sich, seine Aufmerksamkeit wieder dem übel zugerichteten Mordopfer zu widmen. Tatsächlich brauchte man weder Arzt, noch Polizist zu sein, um die Todesart zweifelsfrei feststellen zu können:

Das Opfer war zu Tode gequält worden!

Der Kopf des Leichnams war nur noch lose mit dem nackten Torso verbunden und steckte in einem alten Tresor, dessen Tür augenscheinlich mit brutaler Gewalt zugeschlagen worden war und dem bemitleidenswerten Mann das Haupt vom Leib fast abgetrennt hatte.

„Hoffentlich hat das arme Schwein da nicht mehr gelebt!", dachte Sergente Barillo. Wie viel Kraft mochte nötig sein, um den Kopf vom Körper zu trennen? Barillo drehte seinen Hals nach rechts und links, wie um sich zu überzeugen, ob er noch fest auf seinem Kopf säße.

Unterdessen hatten sich die beiden Kollegen von der Spurensicherung wieder die dünnen Latexhandschuhe übergezogen und begonnen, die menschlichen Überreste einzusammeln.

„Halt!" Wie ein Peitschenhieb schallte die Stimme des Commissarios durch die Totenstille, die am Tatort herrschte. Erschrocken ließen die Spurensicherer die hochgehobene Leiche unsanft zu Boden fallen und wichen zurück, während Moretti wie ein Adler vorschoss, um dann behutsam ein billiges Handy, das halb unter dem Leichnam zum Vorschein gekommen war, aufzuheben und in einen Beweisbeutel gleiten zu lassen. Das Handy schimmerte schwach, bläuliches Licht kündete davon, dass das Gerät noch eingeschaltet war. Ohne zu zögern versuchte der Commissario, durch das Plastik des Beutels hindurch dem Handy Informationen zu entlocken.

„Seltsam", dachte Commissario Moretti, „nur zwei Nummern im Wahlverzeichnis."

„Barillo! Notieren Sie!", wies der Commissario den Sergente an, der umständlich einen Stift und Block aus seiner Uniform kramte und die beiden Telefonnummern, bei denen es sich um zwei Handynummern handelte, wie er unschwer anhand der Vorwahl erkennen konnte, aufschrieb.

Die weiteren Anweisungen des Commissarios waren ebenso präzise und knapp und nach einer weiteren halben Stunde verließen die Spurensicherer mit müdem, gesenkten Blick, Sergente Barillo, dessen gemütliche Art schon so manchen getäuscht hatte, und zuletzt der neue Commissario, der sich aufmerksam umblickte und mit seiner in die Höhe gereckten Nase zu schnüffeln schien – lag da ein Duft von *Laura Biagiotti*, dem Frauenparfüm, das seine Laura am liebsten auflegte, in der Luft? –, den Schauplatz des Verbrechens, das Venedig noch lange in Atmen halten sollte.

Tim Che

4

Auch wenn seinen alten Commissario niemand ersetzen konnte wollte Sergente Barillo sich doch bemühen, mit dem Neuen auszukommen.

„Ach!", ein Seufzer entfuhr ihm bei der Erinnerung an die guten alten Zeiten und nicht ganz ohne Neid dachte Barillo an seinen Commissario, der jetzt im wohlverdienten Ruhestand war. Im Laufe der vielen, vielen Jahre, die sie zusammen Dienst getan hatten, hatte er ihn einen Freund zu nennen gelernt – auch wenn sie anfangs mehr wie Feuer und Wasser gewesen waren.

„Ach, ich vermisse ihn!"

Barillo verscheuchte die trübsinnigen Gedanken und konzentrierte sich auf den Bericht, den er schreiben musste. Im Büro nebenan hörte er den Commissario leise murmeln und Barillo versuchte, zu lauschen. Führte der Neue etwa Selbstgespräche? Oder mit wem mochte er um halb drei in der Nacht telefonieren? Sicher kein dienstliches Gespräch.

Nicht mal den Polizeiarzt hatten sie erreichen können und so würde die Leiche noch mindestens bis zum nächsten Morgen warten müssen, bis ihr der Dottore vielleicht das Rätsel des Todeszeitpunkts entlocken konnte – über die Todesursache wurde in der Questura bereits getuschelt. Jeder fragte sich, was das Opfer getan haben mochte, um so einen Tod zu verdienen.

Ohnehin sorgte der Mord bei allen Beamten der

Nachtschicht für fiebrige Aufregung: Der letzte Mord in der Lagunenstadt war über 10 Jahre her – nur vage konnten sich manche der älteren Polizisten daran erinnern und eifrig kramten sie in ihren Erinnerungen und sonnten sich in der Aufmerksamkeit, die ihnen in dieser schwülen Sommernacht zuteilwurde.

Ein alter Fischer hatte damals auf Burano seinen Sohn im Streit erschlagen – der heutige Mord jedoch war kein häuslicher Familienstreit, soviel schien bereits sicher. Noch hatten aber weder das Opfer, noch die Tat selbst etwas preisgegeben, so blühte auch bei den altgedientesten Beamten die Phantasie.

„Eine schwere Aufgabe hat der Neue da vor sich", dachte Barillo mitfühlend. „Am ersten Tag ... solch' ein Fall ...!"

Manche mochten dies vielleicht als willkommene Herausforderung begrüßen und sich mit Eifer in die Ermittlungen stürzen, Barillo aber wusste, dass Kommissare sich bei Morden nur selten Sporen verdienen konnten, von Lob gar nicht zu reden – allzu oft gerieten Ermittlungen ins Stocken und versandeten, häufig waren die Detektive öffentlicher Kritik ausgesetzt, Dienstherren forderten rollende Köpfe, aber Täter blieben verschwunden und mancher Mord blieb unaufgeklärt und die Mordermittler verdrossen.

Mit Grauen dachte Barillo an die Schlagzeilen, die ihm spätestens morgen von den Zeitungsständen entgegenschreien würden – und schreckte auf, als er einen Telefonhörer auf die Gabel knallen hörte.

Der großgewachsene Commissario saß in seinem spärlich erleuchteten Büro, die altersschwache Schreibtischlampe vermochte es kaum zu erhellen. Mit seinen schwarzen Haaren, der gebräunten Haut, die von seinem bisherigen Leben in Apulien rührte, und den tiefbraunen Augen wäre er für einen Besucher in der Düsterheit kaum zu erkennen gewesen – in dieser Nacht aber besuchte ihn niemand, keiner seiner neuen Kollegen klopfte an die Tür, schaute auf einen Schwatz vorbei oder machte den Versuch, ihn kennenzulernen; im Gegenteil, sie alle machten einen großen Bogen um sein Zimmer, wussten sie doch, dass er mit dem kniffligen Fall zu tun haben würde.

Und sie wussten auch, dass dieser Fall kein gewöhnlicher war und waren klug genug, ihm auszuweichen.

Ihm, dem Neuen aus dem Süden, und dem Fall.

Commissario Alessandro Moretti seufzte. „Nicht genug, dass ich mitten in dieser dreckigen Badewanne von Lagune hocke, dass die hier alle meinen, sie wären etwas Besseres, jetzt hab' ich auch noch 'nen Mord am Hals."

Das Schrillen des altmodischen Telefons riss ihn aus seinen trüben Gedanken: „Laura?", stieß er hoffnungsvoll in den Hörer; er sehnte sich danach, den Streit beizulegen und –

„*Il Gazzettino*", meldete sich eine Stimme, die Moretti auf Anhieb unsympathisch war. Mit affektiertem Näseln sprach der männliche Anrufer weiter: „Dottore Turchetti von der Zeitung *Il Gazzettino* am Apparat. Spreche ich mit dem neuen Commissario aus Bari?"

Angewidert verzog Moretti sein Gesicht und überlegte, den Hörer wieder aufzulegen – so einfach könnte es sein, das schwarze Stück Plastik, aus dem die Stimme quäkte, mit leichter Hand zurück auf die Gabel zu legen ...

– die Presse, diese Aasgeier, die hatte ihm noch gefehlt. Dachte er daran, wie diese schmierigen, sensationsgeilen Schreiberlinge seine unschuldige und hilflose Tochter ins Rampenlicht gezerrt, mit ihrem Engelsgleichen Gesicht und ihren blonden Locken Titelseiten gefüllt hatten – und wie hatten sie ihn erst, als alles vorbei war und rauskam, angeprangert, gekreuzigt und geviertelt ... –

„Sind Sie dran, Commissario? Dottore Turchetti von der *Il Gazzettino*. Haben Sie den Mörder schon gefasst? Was wurde aus dem Tresor, in dem der Kopf des Getöteten lag, entwendet? Handelt es sich um Raub oder vielleicht um eine Beziehungstat?"

Ungläubig schüttelte Moretti seinen Kopf.

„Kann die norditalienische Presse noch schlimmer sein, als die im Süden?", fragte er sich, holte tief Luft, hielt sie einen Moment an, atmete bedächtig aus, zählte dabei innerlich bis drei und antwortete mit leiser Stimme: „Mein Name ist Moretti. Ich kann bestätigen, dass es einen Mord gegeben hat. Wir führen Ermittlungen durch und werden zu gegebener Zeit Presseanfragen beantworten. Bis dahin raten wir von Spekulationen ab. Auf Wiederhören."

Moretti schmiss den Hörer mit solch unbändiger Wut auf die Gabel, dass der ganze Apparat erzitterte, während er sich ausmalte, wie er den Hörer Dottore Turchetti rechts und links um die Ohren haute.

„2:33 Uhr", murmelte Moretti. „Die Leiche ist noch nicht kalt, da sollen wir den Mörder bereits dingfest gemacht haben. Am besten mit der noch blutigen Tatwaffe in der Hand und für die Titelseite in Szene gesetzt." Brummig schnaufte Moretti und fuhr sich mit beiden Händen durch seine Haare, massierte seine Kopfhaut und sinnierte, dass ein Mord an seinen ersten Arbeitstag kein gutes Omen sei.

Dass er damit nicht Recht behalten sollte, sich irrte, konnte er nicht ahnen.

Manche Gesichter, in die Sergente Barillo blickte, waren griesgrämig, andere müde, allen aber war der Tribut anzusehen, den der Nachtdienst in der Questura forderte. Auch Barillo gähnte herzhaft und streckte seine Arme in die Höhe, um die Mattigkeit zu vertreiben. Der Nachtdienst machte ihm nichts und auf ihn wartete keiner zu Hause: in seiner kinderlosen Ehe hatte sich seine Frau längst an den Schichtdienst gewöhnt und ihm war es recht, nachts zu arbeiten und dafür tagsüber mit seinem Motorboot in der Lagune zu angeln. Außerdem waren die Nächte meist ruhig – außer dem Surren der Neonröhren, einem vereinzelten Seufzen oder Röcheln eines eingeschlafenen Kollegen oder dem sporadischen Rattern des altersschwachen Kopierers ruhte die Questura wie in einem Dornröschenschlaf. Anstrengend war der Dienst nicht –

vielmehr galt es, die Langweile zu ertragen; im dörflichen Venedig, der untergehenden Stadt, in der nachts mehr Ratten durch die Kanäle schwammen und Gassen krabbelten als Menschen weilten – von denen mehr als die Hälfte im Rentenalter war! –, schlief auch das Verbrechen tief und fest.

Barillo dachte an den Ermordeten, der sicher nicht in Frieden ruhte. Die letzten Minuten seines Lebens mussten fürchterlich gewesen sein und sicher würde er sich vor Schmerzen noch in seinem Grab winden. Barillo schluckte unwohl. Er wünschte sich, die vier Jahre, die er noch bis zu Rente hatte, ohne Verletzungen oder Schlimmeres rum zu bekommen – und wenn es dann soweit sein würde, Gott ihn zu sich rufen würde, dann hoffte Barillo auf ein sanftes Ende: abends noch ein Glas *Montepulciano* genießen, in ruhige Träume gleiten und am nächsten Morgen würde sein kalter Körper von dem leise entwichenen Leben zeugen.

Das Glück hatte der Getötete, über dessen Identität sie bisher nur Vermutungen anstellen konnten, wahrlich nicht gehabt. Das Lederwarengeschäft, das hatte Barillo jedoch bereits herausfinden können, war beim Gewerbeamt auf den Namen Angelo Fratelli angemeldet. Einem Mailänder, der den kleinen Laden erst seit dem vergangenen Winter betrieb. Von der Meldebehörde hatte Barillo das Passfoto Angelo Fratelli angefordert, welches ihm just in diesem Augenblick aus deren Datenbank über das Behördennetz per E-Mail übermittelt wurde.

Dunkle Augen starrten ihn vom Bildschirm an, die Nase eines klassischen Römers zierte das unauffällige, aber nicht unattraktive Gesicht, das widersprüchlich zu sein schien: das markant-kantige Kinn und die sanft geschwungenen Wangenknochen harmonierten aber und drückten Kraft und Wärme zugleich aus. Sympathisch wirkte der 38-Jährige. Barillo zweifelte. Er konnte keine Ähnlichkeit zwischen dem Foto auf dem Monitor und dem zerschlagenen, blutigen Klumpen, dem, was das Gesicht des Toten gewesen war, feststellen. Er konnte seinen Blick nicht von den Fotos nehmen, die auf seinem Schreibtisch ausgebreitet lagen. Carlo von der Spurensicherung hatte penibel mit dem harten Blitzlicht jede Ecke des Tatorts ausgeleuchtet und mit dem Zoom-Objektiv jeden Zentimeter des Getöteten fotografiert.

„Wie ein Verliebter, der seine Liebste mit Haut und Haaren aufsaugen will", dachte Barillio beim Betrachten der unzähligen Tatortfotos, deren dominierende Farbe Rot war.

Rot.

Nicht wie die Liebe.

Sondern des verflossenen Lebens Saft.

Barillo streckte sich auf dem Bürostuhl, dessen durchgesessene und verschlissene Sitzfläche er selbst provisorisch mit Schaumstoff und einer ausrangierten Decke von seiner Schwiegermutter gestopft hatte. Das Knarzen des altgedienten Stuhls, der schon vor Jahren hätte ausgemustert werden müssen, klang gequält und erinnerte ihn an ihn selbst.

„Die besten Jahre sind vorbei." Er tätschelte den Stuhl und blickte ohne rechten Elan wieder auf die Tatortfotos.

Nüchtern würde in seinem vorläufigen Bericht stehen, dass eine männliche Person mittleren Alters durch vorsätzliche Gewaltanwendung durch eine oder mehrere dritte, unbekannte Personen getötet worden war. Dass, was sie, die Mörder – es mussten mehrere gewesen sein, davon war Barillo aufgrund der Verletzungen des Toten überzeugt – zuvor jedoch mit dem Opfer gemacht hatten, ließ sich nur erahnen und nur unzureichend in Worte fassen; Barillo musste es trotzdem versuchen:

Mit einem Brieföffner der Marke Ferromit, (Modellbezeichnung unbekannt, Beweisbeutel 198/11) dessen Klinge vom Schaft bis zur Spitze 18, 35 cm misst, wurde die rechte Hand des Opfers mittig im Handteller, Handrücken nach oben zeigend, durchbohrt und hierdurch auf den hölzernen Schreibtisch genagelt. Die Kraft des Stoßes trieb die Klinge ersten Untersuchungen nach mehrere Zentimeter (ca. 2,7) tief in den Tisch. Im weiteren Tathergang scheint der Getötete mitsamt dem Bürostuhl, an den er gefesselt gewesen war, umgeworfen worden zu sein. Die Hand jedoch verblieb auf dem Schreibtisch festgenagelt und daraus folgt die widernatürliche Stellung des Korpus, dessen Kopf, wie an anderer Stelle erwähnt, in dem dort detailliert beschriebenen Tresor steckte. Die beiden Füße des Opfers wurden augenscheinlich mit dem am Tatort aufgefundenen Hammer (ohne weitere Bezeichnung, Beweisbeutel 198/07) malträtiert. Mehrmals muss mit der Spitze des Werkzeugs auf die mit Turnschuhen der Marke Prada bekleideten Füße eingeschlagen worden sein, so dass das Gewebe des Schuhs stellenweise völlig zerstört wurde und die Wucht der Hammerschläge die Zehen bis fast zur Unkenntlichkeit verstümmelte. Dass dieser Vorgang durch mindestens zwei Täter vorgenommen wurde, wird hiesigerseits stark angenommen.

Tatort und Verbrechen gaben Barillo Aufschluss darüber, dass es mehrere Mörder zu finden, zu verurteilen und einzusperren galt. In seinen 36 Dienstjahren war Barillo nie müde geworden, den Gesetzen Geltung zu verschaffen. Nicht jeder in Rom beschlossene Paragraf fand zwar seine Zustimmung, oft sogar führten sie in der Questura lautstarke Debatten über Politiker und den Unsinn, den diese fabrizierten, seine, Barillos, Aufgabe aber war es nicht, zu diskutieren oder zu urteilen, sondern für Recht und Ordnung in Venedigs Gassen und Kanälen zu sorgen. Und das tat er mit Herz und Seele und so wunderte es ihn nicht, dass ihm beim Gedanken an die Jagd auf die Mörder ein wohliger Schauer den Nacken hinab lief und in ihm neuen Eifer entfachte und die Müdigkeit vertrieb.

Dass das Geklapper der Tastatur verstummt war, registrierte Moretti nicht. Gedankenversunken saß er in dem abgedunkelten Büro und schreckte hoch, als vorsichtig geklopft wurde.

„*Pronto!*", rief Moretti unwirsch.

„Commissario – ich habe den Bericht fertig" sagte Barillo, trat ein und legte eine dünne Aktenmappe auf Morettis Schreibtisch, die der Commissario schweigsam aufnahm und in ihr zu lesen begann. Unschlüssig blieb Barillo stehen. Innerlich auf die Unhöflichkeit des Commissarios schimpfend – wenigstens ein knappes *Gracie* hätte er erwartet – drehte sich Barillo um und schickte sich an, das Büro zu verlassen.

„Warten Sie!", forderte Moretti ihn auf, ohne vom Bericht aufzublicken.

Untätig blieb Barillo stehen. Minuten strichen dahin, behutsam bewegte Barillo sein Gewicht von einem Fuß auf den anderen.

„Was meinen Sie?"

Von der plötzlichen Frage des Commissarios überrascht benötigte Barillo einen Moment, um seine Gedanken zu sortieren und antwortete unentschlossen: „Raubmord?"

„Unsinn!", blaffte Moretti. „Ist Ihnen nicht aufgefallen, dass in den Verkaufsräumen des Ladens selbst alle Waren unberührt an ihren Plätzen standen? Räuber hätten diese Beute nicht unbeachtet gelassen. Und nichts deutet daraufhin, dass sie gestört wurden, vielleicht keine Beute gemacht hatten."

„Nun ja", räumte Barillo ein, „wegen der heruntergelassenen Rollläden konnte von außen auch niemand etwas bemerken."

„Richtig, richtig. Auch wenn wir den Todeszeitpunkt, der uns Aufschluss über den Tatzeitpunkt gibt, noch nicht genau kennen, so müssen wir doch schon jetzt davon ausgehen, dass die Täter sich einige Zeit in den Räumen des Geschäfts aufgehalten haben", dozierte Moretti, dessen bisherige Verschlossenheit von ihm abfiel. Lebhaft führte der Commissario seine Überlegungen weiter aus: „Wenn also Raub als Motiv ausscheidet – wieso musste Angelo Fratelli sterben?"

„Äh – Commissario", warf Barillo ein, „ich konnte die Leiche noch nicht eindeutig identifizieren. Ob es sich wirklich um *Signore* Fratelli bei dem Ermordeten handelt, steht noch nicht fest."

„Dann sollten Sie sich dessen vergewissern und die Identität schnellstens ermitteln."

„Der hat gut reden", dachte Barillo, der nicht wusste, wie er dies bewerkstelligen sollte. Mit Mord und Totschlag hatte die venezianische Polizei wenig Erfahrung. Ihr tägliches Brot waren Taschendiebstahl und Zechprellerei, häufig hatten sie es mit Markenpiraterie zu tun, manchmal wurden sie zu einem Einbruch oder Hotelzimmerdiebstahl gerufen. Für Aufregung aber hatte die Heirat von George Clooney gesorgt, bei der findige Betrüger versucht hatten, der versammelten Weltpresse gefälschte Privat-Fotos von George und seiner Frau anzudrehen. Barillo lächelte innerlich als er daran zurückdachte, wie sie einen Ankauf der Fotos vorgetäuscht hatten – er selbst hatte sich als Paparazzo verkleidet – und die

Täter auf frischer Tat in einer Suite des *Hotel Bauer* unweit des Markusplatzes dingfest gemacht hatten;

was hatten die drei jungen Burschen für Augen gemacht, als Barillo seine Maskerade fallen gelassen und die Handschellen hervorgeholt hatte. „Klick-klack – ich habe heute leider kein Foto für Dich, Du bist raus, rein mit Dir!" Barillo schmunzelte spontan bei dem Gedanken an die spektakuläre Verhaftung, die ihm und seinen Kollegen gelungen war und in deutlichem Gegensatz zu seinem sonst eintönigen Dienst stand.

Als hätte der Commissario seine Gedanken gelesen stand er auf, schlüpfte in sein über die Stuhllehne hängendes Sakko, rückte seinen steifen Hemdkragen grade, zupfte an seiner Krawatte und forderte Barillo auf:

„*Andiamo*, kommen Sie, wir nehmen die Ermittlungen auf!"

Barillo ahnte nicht, dass auch der Commissario keine Erfahrungen in Sachen Mord hatte, er zwar getötet hatte – vorsätzlich und kaltblütig –, aber in einem Tötungsdelikt noch nie ermittelt hatte und die Lösung ihres Falles sie beide von große Herausforderungen stellen, ihnen schlaflose Nächte und aufgeregte Tage bereiten würden.

Aber lösen würden sie ihn – davon waren beide überzeugt, das war ihr Ehrgeiz.

Barillo wollte es.

Moretti musste es.

Scheitern ausgeschlossen.

Den hohen Preis, den einer von beiden würde zahlen müssen, kannten sie noch nicht.

5

Sie zitterte. Nicht die Kälte allein war es, die ihren schlanken Körper, den sie nur notdürftig mit dem dünnen Laken bedeckt hatte, zum Zittern brachte.

„Tot. Angelo ist tot", wimmerte sie und biss vor Entsetzen ihre Zähne zusammen. Die Knöchel ihrer verkrampften Hände waren weiß. Verzweifelt wie eine Ertrinkende rang sie nach Luft. Ihr Atem ging stoßweise und Schauer übermächtigten sie. So sehr sie sich ihrer Trauer hingeben wollte – sie musste stark bleiben.

„Ich muss! Jetzt erst recht!"

Hin- und hergerissen zwischen aufmüpfigem Mut und erdrückendem Schmerz, den der Mord an Angelo in ihr hervorrief, setzte sie sich auf, holte tief Luft und stieß einen gellenden Schrei aus, brüllte ihre Wut und Trauer heraus.

„Los, ich muss los!", sprach sie zu sich selbst. „Das bin ich Angelo schuldig. Ich lasse sie nicht damit davonkommen."

Hastig stieg sie aus dem Bett, in das sie sich die letzten Stunden gekauert hatte, schlüpfte in ihre Schuhe, kämmte fahrig ihr unordentliches Haar, zündete sich mit zitternden Fingern eine Zigarette an und sog den nikotingeschwängerten Rauch gierig ein. Sie wühlte in ihrer großen, schwarzen Umhängetasche. Das, was sie suchte, fand sie nicht;

„*Merde!*" Der Fluch entfuhr ihren verschmierten, ehemals rot geschminkten Lippen, und sie leerte den

Inhalt ihrer Tasche mit Schwung auf das zerwühlte Bett.

Jeder Beobachter hätte bei den dicken Geldscheinbündeln große, gierige Augen gemacht – sie aber ließ diese unbeachtet; stattdessen griff sie nach drei Mobiltelefonen. Einfachen Modellen, keinen schicken Smartphones, sondern billigen, vorsintflutlichen Geräten, bei denen sie mit ihren langen, lackierten Fingernägeln die hintere Abdeckung entfernte, den Akku entnahm und die SIM-Chips heraus pulte. Die drei kleinen roten Plastikkarten mit den aufgebrachten Bausteinen zerknickte sie mehrfach, so dass sie unbrauchbar wurden. Und auch die drei *Telefonini* zerstörte sie mit einem beherzten Tritt ihrer Absätze. Knirschend zersprangen die Handys auf dem Boden und spinnenwebengleich bildeten sich Risse auf den schwarz-weißen Displays der Geräte, die sie mit konzentriertem Gesicht anschließend in die Toilette warf; und die SIM-Karten gleich hinterher.

„Erledigt", dachte sie und strich sich eine Strähne ihres langen schwarzen Haars aus der Stirn, „ein Problem weniger."

Unter den ausgeschütteten Gegenständen auf dem Bett befand sich auch ein Reisepass, dessen roter Einband aufgeklappt war und IHR Foto zeigte – daneben ein Name *Antonia Marx*.

Dass sie auf dem Foto das Haar blond und kürzer trug, tat ihrer Attraktivität keinen Abbruch. Zwar war sie keine klassische Schönheit – dafür standen ihre mandelförmigen Augen etwas zu weit auseinander und ihre Nase wirkte für ihr sonst schmales Gesicht ein

Quantum zu groß –, die Männer jedoch reizten ihre leicht orientalischen Züge. Gekonnt vermochte sie ihren fremdländischen Reiz und ihre sexuelle Anziehungskraft einzusetzen, um ihre Ziele zu erreichen. Ihr Herz aber gehörte nur einem: ihrem Angelo.

„Angelo!" Wie glücklich waren sie noch am vorletzten Wochenende gewesen ...

Antonia schluckte kräftig, um einen erneuten Tränenschwall zu verhindern, als sie in ihrer Erinnerung ihre gemeinsame Fahrt in die Schweiz, nach Zürich, Revue passieren ließ. Strahlender Sonnenschein hatte ihren Weg von Venedig über Mailand bis zum Lago Maggiore begleitet, glücklich verliebt hatten sie Händchen gehalten und der Fahrwind hatte ihre Haare in dem offenen Alfa Romeo, den sie sich erst vor wenigen Wochen von ersten Gewinnen ihrer zwar nicht harten, aber dafür umso risikoreicheren Arbeit geleistet hatten, zerzaust. Nur als sie sich der Grenze genähert hatten, wurde ihr mulmig – wie immer; selbst Angelos einfühlsame und beruhigenden Worte hatten es nicht vermocht, ihre Angst zu lindern.

In Ihr Gedächtnis gebrannt hatten sich die letzten Kilometer auf italienischem Boden: Die *Autostrada*, deren fast schnurgerades Betonband sich von Mailand aus gen Norden gezogen hatte, begann sich zu winden, je dichter die majestätischen Alpen rückten, die schon lange am Horizont zu erkennen gewesen waren. Immer näher war auch der Schlagbaum gekommen; die Grenzstation, an denen eidgenössische Beamte in ihren blauen Uniformen penibel darüber wachten, wer in ihr Land einreiste.

Und was er offiziell deklariert einführte.

Oder illegal schmuggelte.

Sie hatte nicht geschwitzt – wenn sie aufgeregt war, wurde ihr nicht heiß, sondern eiskalt; ihre Hände und Füße hatten gefroren und trotz der sommerlichen Hitze hatte sie ihre Hände aneinander reiben müssen, um sie aufzuwärmen. Weder für den blauweiß glitzernden Lago Maggiore, an dem die Straße sich entlang geschlängelt hatte, noch für den immer noch schneebedeckten Gipfel des Matterhorns hatte sie Augen gehabt. Starr hatte sie geradeaus geblickt.

„Das Versteck ist perfekt. Niemand kann die Sachen finden. Und keiner wird uns, das Liebespärchen im Cabrio, rauswinken." Sie hatte sich selbst Mut zugesprochen – und ihre Unerschrockenheit, aber auch die sorgfältigen Vorbereitungen, waren belohnt worden: alles war gut gegangen.

Und schon in den schweizerischen Alpen war ihre unbekümmerte Fröhlichkeit fast zurückgekehrt – sie hatte gelernt, das Leben so zu nehmen, wie es ist, es leicht zu sehen, das Beste draus zu machen. Nicht zagen, sondern wagen, war ihr Motto. Und oft hatte sie gewonnen.

Nur diesmal nicht.

Sie schüttelte ihren Kopf, um die sich aufdrängenden Gedanken zu vertreiben, strich ihr *Chanel*-Kleid glatt und blickte sich noch einmal in dem schmuddeligen Herbergszimmer um, das ihr in den letzten Stunden als

Unterschlupf gedient hatte. Hatte sie etwas vergessen? „Nein!" Sie trat auf den schummrigen Flur und schloss kraftvoll die Tür, als würde sie einen Schlussstrich ziehen, ein Kapitel abschließen.

Dabei hatte das Kapitel eben erst begonnen.

Schon zwei Kapitel ihres Lebens hatten andere diktiert und mit Gewalt beendet – das nächste würde sie selbst schreiben. Und wenn es sein müsste auch mit Gewalt und blutiger Feder.

Canale Giro

6

Mario, Nachportier des Hostels im *Sestiere* San Marco, war es gewohnt, dass Herbergsgäste in den frühen Morgenstunden an seiner Rezeption vorbeikamen – nicht wenige torkelnd, viele lautstark und alle rein, keiner raus. Auch deshalb fiel ihm die *Signorina*, die erst wenige Stunden zuvor eingecheckt hatte, besonders auf. Hervorstechend aber war auch ihr Verhalten: Täuschte er sich oder versuchte sie gerade, möglichst unauffällig an ihm vorbeizuhuschen?

„Nicht mit mir!" Mario sprang auf. Seine Stellung als Portier nutzte Mario weidlich aus: Wann immer er weibliche Gäste in ein Gespräch verwickeln konnte – er tat es. Und wehe denen, die was von ihm wollten oder brauchten – eine Gegenleistung forderte er stets und ein „Nein" ignorierte er geflissentlich.

„Schließlich kommen die Touristinnen in unser Land der Liebe, und ich mache ihnen den Romeo, nach denen die blassen deutschen, oberflächlichen amerikanischen und burschikosen russischen Julias sich sehnen." Seine diesem Credo folgenden plumpen Anmachen blieben fast immer erfolglos; umso stärker aber sein Drang, bei jeder sich bietenden Gelegenheit den *Italian Stallion* aus der Koppel und von der Trense zu lassen.

Mario rief Antonia, die schon fast den Ausgang erreicht hatte, hinterher: „*Ciao bella ragazza!* Wohin gehst Du?"

Erschrocken hielt sie kurz inne, beschleunigte aber

dann ihren Schritt und entschwand auf die Gasse, verfolgt von Mario, der den Tresen umrundet hatte und aus der Tür stolperte.

„Hält die sich für was Besseres? Bei mir stiehlt sich keiner raus, auch nicht das Flittchen in dem eleganten Kleid. Und was soll das mit der Sonnenbrille mitten in der Nacht?"

Ruckartig bewegte Mario seinen Kopf von rechts nach links um zu ergründen, in welche Richtung sein Opfer verschwunden war. Er sah nichts. Die Calle de Pignoli war menschenleer.

Die engen Gassen Venedigs verliefen selten lange geradeaus, meist im Gegenteil: wild mäanderten sie hierhin und dorthin, knickten ab oder verschwanden über Brücken und in Tunneln.

Mario lauschte mit angehaltenem Atem.

Die gespenstische Stille verwunderte jeden Besucher – kein Autolärm, kein Zugrattern und kein Fabrikgetöse durchbrach die nächtliche Geräuschlosigkeit der blanken, wie schwarze Spiegel schimmernden Kanäle der Totenstadt, in der die klappernden Absätze der flüchtenden Antonia deutlich zu hören waren.

„Links", durchzuckte es Mario und er machte sich an die Verfolgung. Er dachte nicht an die unbesetzte Rezeption, ihm kam nicht in den Sinn, dass er das Hostel unbeaufsichtigt ließ und keinen Gedanken verschwendete er an die unbewachte Kasse; ihn trieb sein südländisches Temperament – und was fiel der Frau eigentlich ein, sich bei ihm nicht abzumelden?

Erst vorgestern hatte eine Gruppe junger Studenten heimlich das Hostel verlassen, ohne auszuchecken – den Grund dafür hatten die Zimmermädchen bald darauf entdeckt: nicht nur das Waschbecken war von der Wand gerissen, mehrere Matratzen aufgeschlitzt, sondern zwei fehlten; und das Fernsehgerät war ebenso spurlos verschwunden, nur die nackten Kabel und der leere, metallene Befestigungsrahmen an der Wand zeugten davon, dass dort ein Gerät gehangen hatte. Das Donnerwetter, das *Signore* Baldini, der Inhaber von Venedigs Hostel *Numero Uno*, anschließend auf seine Angestellten einprasseln ließ, beeindruckte alle und sein Appell zu mehr Sorgfalt blieb nicht ohne Wirkung.

Nur Minuten später, nachdem Mario der davoneilenden Antonia gefolgt war, würde sein Pflichtgefühl jedoch plötzlich ebenso erloschen sein, wie sein Lebenslicht – ausgeblasen, flackernd verglommen und sich in fortgetriebenem Rauch aufgelöst – sein schlanker, braungebrannter Körper, auf dessen Muskeln er so stolz war und für die er fast täglich im *Club Delfino* an der Fondamenta Zattere ai Gesuati trainierte, würde zerschmettert bäuchlings im Kanal treiben wie ein aufgedunsener, toter Fisch.

Noch aber bewegte sich Mario, stolperte aus der Calle Carlo Goldoni auf den Campo Manin, wo er im trüben Licht, das die wenigen Sterne verbreiteten, einen dunklen Schatten an der Westseite des Platzes entschwinden sah.

Canale Giro

7

„Geh! Vorwärts!" Keinen Blick warf Antonia zurück; sie wusste genau, wo sie hinwollte und was sie zu tun hatte. „Voran!" Zielstrebig eilte sie die Fondamenta de Malvasia entlang.

Sie lächelte nicht.

Auch wenn sie vormals immer geschmunzelt hatte, wenn sie diese Fondamenta heruntergekommen war – die Ufergasse, an der sie mit dem vollbepackten Lastkahn angelegt hatten, im Herzen des bunten Treibens festgemacht.

Ausgerechnet Karneval hatten sie unwissentlich als Einzugsdatum gewählt; und hatten Umzugskisten und Kartons an Maskierten vorbei mitten durch den Trubel geschleppt, kopfschüttelnde Blicke erntend. Kein Venezianer blieb freiwillig während der Karnevalstage in der proppenvollen Lagune – „Wir aber zogen ein!" Im Nachhinein hatten sie darüber gelacht.

Dass die Einheimischen auch in den drei Sommermonaten liebend gern ihrer schwülen, stinkenden, Touristen-übersättigten Heimat den Rücken kehrten und sich am Lido aufhielten, den adriatischen Strandbädern – auch diese Lektion hatten Antonia und Angelo schnell gelernt.

Der *Touristici* Geld lieben, aber diese selbst verfluchend.

Sie jammerte nicht.

Die Aufgabe, die sie zu erledigen hatte, verdrängte die Trauer; die Wut vertrieb den Schmerz.

Zumindest für den Moment.

„*Merde!*", stieß Antonia mit den Armen rudernd aus, versuchend, ihr Gleichgewicht wiederzufinden, aus dem sie einer der schwarzen Müllsäcke, die die Venezianer nachts an vielen Ecken für die morgendliche Müllabfuhr ablegten, gebracht hatte.

„Bleib ruhig! Sei Vorsichtig!", ermahnte Antonia sich selbst, sich am steinernen Geländer einer der unzähligen Brücken abstützend und einen Blick in das tiefschwarze Wasser werfend, das die Umgebung zu verschlucken schien. „Nur besonnen wirst Du nicht im Gefängnis enden. Oder tot wie Angelo!"

8

„Ha!" Er hatte aufgeholt. Mario frohlockte. Zwischenzeitlich waren ihm Zweifel an seiner Verfolgung gekommen: Die Frau hatte nicht so ausgesehen, als würde sie abreisen wollen; weder hatte sie Gepäck dabeigehabt, noch einen geklauten Hotel-eigenen Fernseher. Und Mario war sich sicher, dass, würde er das Zimmer der rätselhaften Frau in Augenschein nehmen, keine Matratze zerschnitten und kein Waschbecken kaputt wäre. Auch der Macho in ihm fragte sich, ob SIE diese nächtliche Aktion wert war? Könnte diese Verfolgung mit einer erfolgreichen Eroberung enden?

Mario hatte wenig Phantasie – in jenem Moment aber gab er sich dem Gedanken hin, dass die Davoneilende in Not war und er der Edelmann, der sie rettete, und er malte sich aus, welche Belohnung ihm zuteilwerden würde. Ob dieses Ansporns erhöhte er sein Tempo und SIE schien zum Greifen nah, noch knappe 50 Meter trennten ihn von Antonia, die in einem Hauseingang verschwand.

„Merkwürdig", wunderte Mario sich. „Was hat ein Hotelgast morgens um halb vier hier zu suchen?"

Langsam schlich er weiter vorwärts, bis er das Haus erreicht hatte, dass sie einige Sekunden zuvor betreten hatte. Mario lauschte.

Er hörte nichts.

Behutsam drückte er gegen die Haustür, die mit einem Klacken, das in Marios Ohren laut wie Donner klang, aufsprang. Erschrocken blickte er sich um und warf einen Blick ins Treppenhaus, damit rechnend, dass gleich das Licht anspringen und jemand ihn, den Eindringling, zur Rede stellen würde. Aber kein Mensch erschien, dunkel und still gähnte der Hausflur vor ihm.

„Wo ist sie hin?" Mario rieb sich nachdenklich seine Stirn. Schemenhaft wurde er dem Treppenhaus am Ende des Flurs gewahr.

Er zögerte – aber jetzt würde er nicht umkehren und drang tiefer in das Haus vor, schon umfasste er das Treppengeländer und stieg die Stufen hoch, zwei auf einmal nehmend, sich aufmerksam umsehend und die mit Mosaiken besetzen Wände des Venezianischen Palazzos, der seine beste Zeit weit hinter sich hatte, ebenso musternd, wie die von unzähligen Füßen bogenförmig abgetretenen Steinstufen. Marios Sinne waren geschärft, Adrenalin pumpte durch seinen Körper, er atmete schwer. Durch ein Fenster, dessen altes Glas blind geworden war, drangen Lichtfetzen der Straßenlaternen. Vor der in einer Wandnische kauernden Heiligenfigur, Maria mit dem Jesuskind, zollte er mit einem gläubigen Nicken seinen Respekt.

Sie rettete ihn nicht, erlöste ihn nicht von seinem Schicksal –

er bemerkte nicht die Tür am Treppenansatz, dessen gelber polizeilicher Tatartaufkleber, der sie versiegeln sollte, gebrochen war; auch den Lichtschein, der durch die Ritze am Fußboden unter der Tür durchschimmerte, entdeckte er nicht.

Mario war bereits im ersten Stock – geradewegs weiter nach oben in den Himmel sollte es für ihn noch schneller gehen –, Grabesstille umfing ihn, sein eigener Atem tönte laut in seinen Ohren. Kein Lebenszeichen konnte Mario ausmachen. Nicht von Antonia, die doch erst vor weniger als einer Minute in diesem Haus verschwunden war, und auch sonst rührte sich nichts. Schon wollte Mario sich umdrehen, resigniert und erleichtert zugleich in die Behaglichkeit seiner Rezeption zurückkehren, als er aus den Augenwinkeln die offene Wohnungstür sah. Sie stand nicht nur einen Spalt offen, sondern ein ganzes Stück und schwang fast unmerklich ein wenig auf und zu. War es die sanfte Brise, die diese Bewegung erzeugte, oder war es die Frau gewesen, beim Öffnen und Schließen der Tür?

Er fragte sich nicht mehr, was er hier eigentlich tat und verloren hatte – die schwingende Tür lockte ihn wie ein Finger, der ihn herbeiwinkte und so ließ Mario alle Bedenken und Vorsicht fallen und trat ein in die Wohnung.

Und die Falle schnappte zu.

Dass sie den Falschen erwischt hatten, fiel den drei Angreifern erst auf, nachdem sie Mario, der nicht ansatzweise begriff, was mit ihm geschah, zu Boden geworfen, sich einer der Drei mit voller Wucht seines massigen Körpers auf Marios Rücken fallen lassen und Mario alle Luft aus den Lungen gedrückt hatte, ein anderer ihm in die in die Haare gegriffen, ruckartig seinen Kopf hoch gerissen und ihm mit einer Taschenlampe ins Gesicht geleuchtet hatte, während der Dritte die Wohnungstür ins Schloss geworfen hatte.

„Wer bist Du?", hatte einer der Angreifer gefragt.

Hätten sie nicht eine gute Viertelstunde gebraucht, um Mario mit gezielten Schlägen und Tritten in seine Weichteile zu entlocken, dass er tatsächlich nichts weiter war als ein kleiner Hotelportier, dessen liederlicher Charakter ihn in dieser Nacht auf einen Weg ohne Widerkehr und Happy End geführt hatte, dann hätten die drei schwarz gekleideten, bulligen Männer SIE noch erwischt, als sie hastig die Treppe herunterpolterten und den Hintereingang des Lederwarengeschäfts stürmten.

Da aber war Antonia bereits seit einigen Minuten weg.

Weder ahnte sie, wie knapp sie entkommen war, noch, dass die lange mattschwarze Klinge, die in Marios Herz gedrungen war und ihm das Leben geraubt hatte, für sie bestimmt gewesen war.

9

Sergente Mauro Barillo ging langsam voraus; obwohl er Einheimischer war, unterbrochen nur durch wenige Jahre seiner Polizei-Ausbildung in Brescia immer in Venedig gelebt hatte, fiel es ihm schwer, sich in den verworrenen Gassen ihm weniger bekannter Stadtviertel Venedigs zurecht zu finden.

Erst recht nachts.

Tagsüber zogen die Touristen Ameisen gleich feste Wege durch das Dickicht der Stadt und immer dort, wo sie entlang kreuchten, befand sich eine Hauptverkehrsader, die kurz oder lang an einem bekannten Punkt endete. Hatte die morgendliche Ameisenvorhut die Wege ausgekundschaftet, folgte das Volk, ein nicht enden wollender Strom, der den einmal erforschten Weg markierte. Nachts aber war jede Gasse leer und ein Kanal glich dem anderen. Barillo bemühte sich, die Orientierung zu behalten – schon zweimal jedoch waren sie in einer Sackgasse gelandet und Barillo hatte ein *Scusi* gemurmelt und seine Glatze gerieben.

Stoisch folgte Commissario Alessandro Moretti ihm.

Nichts Anderes blieb ihm übrig.

Unglücklich über die unfreiwillige Tour durch die Stadt war er aber nicht, bot sie ihm doch Gelegenheit und Zeit, nachzudenken. Nicht der Mordfall jedoch war es, der ihn beschäftigte. Aurora fraß sich wie ein Geschwür durch seinen Kopf, löschte jeden anderen

Gedanken aus, wuchs immer weiter … seit neun Monaten und drei Tagen, und bald würde sie ihn verschlungen haben. Dabei war es nicht Aurora, die ihn gefangen nahm – der Gedanke an seine geliebte Tochter Aurora ließ ihn vor Glück strahlen und vor Leid zergehen. Es waren die Geschehnisse, die ihn marterten.

Hätte er anders handeln können? Müssen? Wäre es vermeidbar gewesen?

Hatte er, der brillante und gefeierte Kriminalist, dem sonst nichts entging, etwas übersehen?

Oder hätte er entweder nie eine Familie gründen dürfen – oder den Polizeidienst spätestens mit Auroras Geburt quittieren müssen?

Aurora

Moretti rang um Fassung, während er ihren Namen flüsterte, als könnte er sie beschwören; sie Kraft seiner Gedanken und unbegrenzten Liebe zum Leben erwecken oder das Geschehene ungeschehen machen.

Es gelang ihm nicht.

Innerlich brüllte er laut – so laut, wie er im letzten Herbst geschrien hatte, als er das in billiges, braunes Papier eingewickelte Paket erhalten und geöffnet hatte. An jenem Vormittag hatte er noch Hoffnung gehabt – beim Blick in die Augen seiner Tochter, die ihn vorwurfsvoll anzublicken schienen, war sie gestorben. Und auch in ihm war etwas kaputtgegangen und erloschen, als er in die leblosen, herausgerissenen Augen seiner Tochter geblickt hatte, die zusammen mit ihren abgetrennten, blutigen Ohren in das Paket geworfen worden waren.

Und dann hatte die Wut eingesetzt.

Er war nicht mehr Herr seiner Sinne gewesen.

Wie seine Kollegen ihm später berichtet hatten, hatte er in seinem Büro im Kriminalkommissariat wie ein Berserker gewütet, die Einrichtung zerschlagen, einem seiner Freunde, der ihn zur Räson bringen wollte, den Oberkiefer mit wilden Schlägen gebrochen und war mit seiner gezogenen Dienstwaffe aus dem Gebäude gestürmt. An all das erinnerte er sich nicht mehr.

Auch nicht daran, wie er vor das Haus von Alfonso Mansoni gelangt war. Plötzlich hatte er davorgestanden. Vor der imposanten Villa, deren Bau angeblich 27 Millionen Euro gekostet haben sollte. Diese Zahl jedenfalls raunten sich ehrfurchtsvoll Bewunderer und Neider – Feinde hatte Alfonso keine, sie lebten nie lang genug –, zu, und auch Baris führende Tageszeitung hatte über diese horrende Summe spekuliert. Dass sie es ohne Zustimmung von Alfonso getan hatte, glaubte niemand – also musste sie entweder stimmen, oder Alfonso hatte bewusst diese exorbitante Zahl in Umlauf gebracht, um seinen Ruf als mächtigster *Capo* der Mafia Baris zu unterstreichen.

Schön aber war der weiße Betonklotz, der zur Straßenseite hin blind war, über kein einziges Fenster verfügte, nicht. Durchbrochen wurde die Front nur von der gewaltigen, metallenen Eingangstür, die schwer in den Angeln hing. Auf der Rückseite des Prunkbaus, der von einem Stararchitekten entworfen und von Alfonsos eigener Baufirma – bei dem Projekt waren garantiert keine zusätzlichen Kosten angefallen und keine „unverschuldeten" Verzögerungen aufgetreten – hochgezogenen Kastens aber konnten die Bewohner einen spektakulären Blick über den Golf genießen. Moretti hatte, wie alle Polizisten des Kommissariats, Fotos gesehen, die als Fischer getarnte Ermittler von der Seeseite aufgenommen hatten: über die ganze Breite des weißen Kastens erstreckten sich bläulich wie das Meer schimmernde Panoramafenster, von denen allgemein angenommen wurde, dass sie aus schusssicherem Glas bestanden. Dass ansonsten aber keine Sicherheitseinrichtungen zu sehen waren, verwunderte kaum jemanden.

Es gab keine;

niemand würde es wagen, Alfonso auch nur zu nahe zu treten, wenn er es nicht wünschte. Außer Moretti,

an jenem goldenen Herbstabend, an dem das Thermometer noch weit über 20 Grad zeigte und die Sonne im Meer versank. Lange Schatten der umstehenden Bäume lagen wie Unheilsboten über der Zufahrt.

Moretti hatte geklingelt, ganz ruhig war er gewesen. Wie ein Vertreter, der alle Zeit der Welt zu haben scheint und artig an der Tür schellt, auf das Erscheinen der Hausfrau wartet, um ihr etwas anzudrehen, hatte er den Knopf nur gestreichelt, war zurückgetreten und hatte gewartet. Eine Hausangestellte öffnete ihm arglos; wie ein Rugbyspieler hatte er sie, ins Innere des Baus eilend, mit seinen Schultern zu Boden geworfen und in der mit weißem *Carrara*-Marmor gefliesten Eingangshalle einen Schuss in die Decke abgegeben, der den Kronleuchter aus *Murano*-Glas traf und Glassplitter, Tränen aus Eis gleich, hinabregnen ließ. Auf das darauf einsetzende Getrampel von Füßen war Moretti vorbereitet gewesen – als ausgezeichneter Schütze konnte er die zwei schlitternd zum Stehen kommenden Mafioso, die Alfonso als Leibwächter dienten, nicht verfehlen und hatte sie kaltblütig erschossen. Gemessenen Schrittes hatte er das Wohnzimmer durchquert, während irgendwo im Haus jemand geschrien hatte. Von der Terrasse war ihm eine junge, unbekleidete Frau entgegengekommen, von deren spitzen Brüsten noch Wasser abgeperlt, den flachen Bauch hinabgelaufen war und in ihrem schwarzen Schamhaar wie Juwelen geglänzt hatte. Unbeeindruckt war sie an ihm vorbeigegangen, feuchte Fußabdrücke auf dem Boden hinterlassend. Hektisches Wassertreten hatte ihn am Rand des Pools, der in der Unendlichkeit des unter ihm ausgebreiteten Meeres zu verschwinden schien, empfangen. Alfonso war es nicht, der auf dem großen, aufgeblasenen Reifen unbehände versuchte, an den rettenden Rand zu gelangen. Schon wollte Moretti sich umdrehen, um den Mafioso, der seine Tochter entführt, verstümmelt und wahrscheinlich auch bereits getötet hatte, zu suchen, als der Schwimmer das Ufer erreichte und anfing, wüste Beschimpfungen auszustoßen und in den Bademantel zu greifen, der auffällig schwer über einem der Liegestühle baumelte. Bevor der triefnasse, schmerbäuchige Jüngling, Alfonsos Sohn aus erster

Ehe, der bisher jedoch nur wegen Beleidigung polizeilich aktenkundig geworden war, die aus der Tasche des Bademantels gezogene Pistole auf Moretti hatte richten können, zerriss bereits ein Knall die frühabendliche Luft; Moretti hatte abgedrückt und den *Filio* mit einem Schuss in die Brust schwer verwundet. Die an dessen Rücken wieder austretende Patrone hatte großen Schaden angerichtet. Zuerst war sie knapp links unter dem Herzen in den Körper von Alfonsos Sohn eingetreten, hatte dabei die Speiseröhre zerfetzt und auf ihrem Weg quer durch das Gewebe eine Schneise der Verwüstung hinterlassen. All das aber war harmlos, verglichen mit dem, was die 9mm-Kugel bei ihrem Austritt angerichtet hatte.

Vom Rollstuhl aus hatte Alfonsos Sohn Moretti beim Prozess mit rachsüchtigen Blicken durchbohrt und wäre beim Urteilsspruch aufgesprungen, wenn er es gekonnt hätte. So aber hatte seine Empörung nur für zartes Ruckeln des Rollstuhls auf dem blank gewienerten Boden des Gerichtssaals, in dem sich die Menschen tuschelnd drängten, gereicht.

Die Presse hatte das Ereignis ausgeschlachtet – mal war Moretti der Held, der seine Tochter gerächt und die allgegenwärtige und scheinbar übermächtige Mafia in die Schranken gewiesen hatte, mal war er der kaltblütige und blutrünstige Revolvermann, der zwei Menschen hingerichtet, und einen verstümmelt hatte.

„Somit ergeht im Namen des Volkes folgendes Urteil", hatte der Richter im prall gefüllten Saal begonnen, „der Angeklagte Alessandro Moretti wird wegen unbefugten Eindringens zu einer 6-monatigen Bewährungsstrafe verurteilt. Vom Vorwurf des vollendeten Totschlags in zwei Fällen und des versuchten in einem wird er freigesprochen, das Gericht geht zu Gunsten des Angeklagten von einer Notwehrsituation aus", und seine Urteilsbegründung anschließend verlesen. Tumult war ausgebrochen – während seine Kollegen Moretti auf die Schulter klopften, hatte er selbst keine Erleichterung empfunden. Für ihn zählte nur, dass Alfonso, der mutmaßlich seine Tochter entführt hatte, um der gegen ihn ermittelnden Kriminalpolizei, die ihren Ring immer enger um ihn gezogen hatte, eine unmissverständliche Warnung zukommen zu lassen, ungeschoren davongekommen war. Gegen Alfonso als Drahtzieher der Entführung hatte die Polizei trotz intensiver Ermittlungen keine Beweise finden können. Und außer den Moretti geschickten Körperteilen seiner Tochter gab es keine Leiche – Auroras Leib blieb verschwunden. An keinem Sarg konnten Laura und er trauern, auf kein Grab Sonnenblumen, die gelb leuchtenden Blätter, die der Haarfarbe ihrer Tochter ähnelten und die sie so gerne gemocht hatte, legen; die Wunde, die ihr Verschwinden gerissen hatte, blieb geöffnet; sie konnte nicht verheilen, und schwärte.

„Da sind wir!" Barillo, der sich schon wieder verirrt zu haben glaubte, war erleichtert. „Dort hinten", er zeigte quer über den Campo San Maurizio, „ist es." Das Lederwarengeschäft, das zum Tatort geworden war.

Froh war auch Moretti. Wie immer hatte sein

Grübeln keine Lösung gebracht; auch keine Erleichterung. Seine Selbstgeißelung, das Gedankenkarussell von dem er nicht absteigen konnte – nicht wollte! –, machte ihn schwindelig; ihm war elend – würde die Pein irgendwann ein Ende haben?

Wenn er nur oft genug nachdachte, könnte er dann vergessen? – wie ein Fleck, der, rieb man oft genug an ihm, irgendwann verschwand; nur eine blanke Stelle zurückbleibend – freilich eine Irritation, aber der Fleck, der war fort.

Die Schwärze der Nacht verschwand; der Morgen dämmerte grau. Schatten, die Laternen geworfen hatten, verblassten und die Welt schien bleich. Nur fahle Konturen brachte des Himmelsleuchten Kraft hervor. Die heruntergelassenen Rollläden des Ladens machten einen abweisenden Eindruck, trüb lag die Gasse da. Barillo und Moretti wirkten unschlüssig.

Herzhaft gähnte Barillo. „Ein Kaffee wär' jetzt nicht schlecht."

„*Si*" Moretti nickte.

„Um die Ecke müsste eine Bar sein" mutmaßte Barillo und ließ Moretti den Vortritt, der mit seinen schwarz glänzenden Lederschuhen, die immer noch wie frisch poliert aussahen, zielstrebig auf die tatsächlich an der angegebenen Stelle befindliche Bar zuging. Eben erst schien sie geöffnet zu haben. Die Kaffeemaschine spuckte noch blubbernd Dampf vom ersten Erhitzen, die verschlissenen Barhocker, deren Holzbeine vom täglichen Kampf abgeschlagen waren, waren noch ordentlich in einer Ecke des kleinen Lokals aufgestapelt und die Beleuchtung wirkte schwach, als hätte auch sie Mühe, an diesem Morgen anzuspringen.

„*Due Caffé per favore*", orderte Barillo und stellte sich neben Moretti an den Tresen. Schweigend tranken sie bis Barillo die Stille durchbrach: „Und, wie gefällt Ihnen Venedig bisher?"

Gerne hätte Moretti die Augen geschlossen – sich in Gedanken an einen anderen Ort versetzt. Wohin? Egal! Hauptsache ein Ort, an dem er alleine war – diese Unhöflichkeit aber wollte und konnte er, der Vorgesetzte, dem Konventionen zwar nie viel bedeutet hatten, der aber stolz war auf seine guten Manieren und um seine Vorbildfunktion als Kommissar wusste, nicht begehen. Er versuchte, eine passende Antwort zu finden. Der unvermeidliche Weggang aus Bari war nicht leicht gewesen; auch wenn sie dem Ort den Rücken gekehrt hatten, der sie an jeder Ecke an Aurora erinnerte. Aber seine Frau Laura und er waren durch und durch Bewohner Apuliens; in Bari waren sie geboren und aufgewachsen, in der Grundschule hatten sie sich kennengelernt, und später bei einem Klassenausflug das erste Mal geküsst – Bari war ihre Stadt, ihr Zuhause.

Die Versetzung in den Norden war eine Verbannung, und ihre neue Wohnung in Mestre, dem industriellen, moderneren Stadtteil Venedigs, das auf dem Festland lag, eine abgeschmackte und entseelte Behausung.

Sein neuer Job bestenfalls unschön, schlechtestenfalls Scheiße.

Von der angeblich betörenden Schönheit und dem

entzückenden Charme der *Serenissima* hatte er noch nichts bemerkt.

„Ich habe mir noch kein Bild machen können", antwortete Moretti. Diplomatisch, wie ihm schien.

Barillo schmunzelte: „Sie finden es schrecklich, oder? Geben Sie es ruhig zu – jeder Zugezogene findet die Stadt schrecklich. Wir Einheimischen scheinen uns daran nur schon gewöhnt zu haben, deshalb beklagen wir uns nicht täglich. Aber jeden zweiten Tag", sagte er augenzwinkernd.

Moretti bewegte seinen Kopf hin und her – weder Zustimmung noch Ablehnung ausdrückend, blieb eine Antwort schuldig und strich mit beiden Händen seine Haare nach hinten.

Barillo fuhr fort: „Nur im März und April und Oktober und November ist die Stadt lebenswert, nicht zu heiß und feucht, nicht zu nass und kalt, und vor allem: wenig Touristen. Aber das Einkaufen ist immer ein Problem." Achselzuckend, sich ins Unvermeidliche fügend, erzählte Barillo von dem letzten *Supermercato* in seinem Stadtviertel, der im vergangenen Monat dichtgemacht hatte. „Ein Andenkengeschäft mit „echten" venezianischen Masken und *Murano*-Glas aus chinesischer Produktion befindet sich jetzt dort. Und der Inhaber ist ein Inder."

„Ich wohne in Mestre", konstatierte Moretti lapidar und hoffte damit, den Vortrag Barillos über Venedigs Altstadt unterbrechen zu können.

Barillo merkte sehr wohl, dass der neue Commissario nicht in Gesprächslaune war – er würde die Gelegenheit, ihn näher kennenzulernen, jedoch ganz sicher nicht ungenutzt verstreichen lassen und nahm sich vor, dem Commissario genau den wenig einfühlsamen, unbedarften und oberflächlichen Plapperer vorzugaukeln, den er in ihm zu sehen schien und fuhr fort: „Ach – Mestre ist viel besser als sein Ruf. Die Mieten sind moderat, alle wichtigen Geschäfte sind vor Ort, Ärzte und Schulen gibt es auch – und die schönste Stadt der Welt, Venedig, liegt direkt vor der Tür und der Strand ist auch nicht weit. Gefällt es Ihnen denn in Mestre? Wohnen Sie dort mit Ihrer Familie?", fragte Barillo arglos, der den Ring an Morettis Finger richtig zu deuten glaubte.

Am liebsten wäre Moretti einfach gegangen, aufgestanden und ohne ein weiteres Wort zur Tür hinausgetreten. Er wusste aber, dass er das ebenso wenig tun konnte, wie seinem Sergente Barillo mit dem jovialen, pausbäckigen Gesicht in dasselbe zu schlagen, mitten rein in die Grinsefresse. Gute Lust hatte Moretti; der den Drang hinunterschluckte und resigniert antwortete: „Erst vor drei Tagen sind meine Frau und ich angekommen." Weitere Fragen zu seiner Familie hoffte er, mit der schroffen Antwort im Keim zu ersticken. Verlassen wollte er sich aber nicht darauf und fuhr fort: „Sergente Barillo, wir sollten uns jetzt aber dem Fall wieder widmen!"

„Na ja – einen Versuch war es wert", dachte Barillo. „Viel habe ich aus ihm zwar nicht herausbekommen, aber ein Anfang ist gemacht. Und wer weiß – auch der alte Commissario und ich hatten einen schwierigen Start" erinnerte sich Barillo, der wehmütig an „seinen" alten Commissario dachte. Nicht nur Kollegen waren sie gewesen – und „sein" Commissario hatte ihn nie als Untergebenen behandelt, sondern immer als Partner – , sie hatte eine echte Männerfreundschaft verbunden. „Wie viele Abende haben wir auf seinem *Altan*, einer der typisch venezianischen Dachterrassen, gesessen, eine gute *Pasta Arrabiata* verspeist und den *Montepulciano* getrunken, den wir beide so gerne mochten?", fragte sich Barillo.

Moretti hatte bereits einen Euro für den Espresso auf den Tresen gelegt und schickte sich an, die Bar zu verlassen.

Barillo nahm den letzten Schluck des belebenden Gebräus, den er am liebsten mit einem gehäuften Teelöffel Zucker trank, fischte auch einen Euro aus seiner Tasche aber wandte sich, nachdem er ihn auf den Tresen gekullert hatte, an den Barbesitzer, der gerade den Vorhang beiseiteschob und aus dem kleinen Vorratsraum am Ende des Tresens trat, bepackt mit einem großen Tablett voller Paninis: *„Signore –"*

„Barillo!", entrüstete sich Moretti, in der Annahme, sein dicklicher Sergente wollte nun auch noch eines der Sandwiches bestellen und verspeisen

„Uno Momento", erwiderte Barillo, der nicht davon abließ, auf den Barbesitzer zuzugehen und das Wort an ihn zu richten: *„Signore!* Ich bin Sergente Barillo von der Questura", er zeigte auf seine Uniform, „und das ist", auf Moretti deutend, „mein Kollege Commissario Moretti."

Moretti, der die Tür wieder zufallen ließ und ins

Innere der Bar zurückkehrte, stellte sich neben Barillo. Abwartend.

„Wir ermitteln in einem Tötungsdelikt, das nur wenige Schritte von hier entfernt stattgefunden hat. Haben Sie in den letzten Tagen, gestern oder vorgestern, etwas Auffälliges bemerkt?"

Der Barbesitzer schnaubte. „Ha, meinen Sie außer den Millionen von Touristen?", und stellte sich mit verschränkten Armen hinter seinen Tresen. „Was soll mir aufgefallen sein? Und was ist überhaupt passiert?"

„Ich muss eingreifen!", dachte Moretti, zog Barillo am Jackenärmel zur Tür und raunte ihm zu: „Barillo, haben Sie den Verstand verloren? Wir haben unsere Ermittlungen noch gar nicht richtig begonnen, da wollen Sie ausgerechnet einen Barbesitzer, eine Person, dessen Beruf und Berufung es ist, Klatsch und Tratsch zu verbreiten, einweihen?"

Barillo ließ sich nicht aus der Ruhe bringen und antwortete gefasst auf die harsche Kritik: „Commissario, ihren Hinweis in allen Ehren, aber wir sind hier in Venedig. Ein Dorf, in dem spätestens in zwei Stunden die Kunde von dem Mord in aller Munde sein wird. Jeder kennt hier jeden. Und solange wir im Trüben fischen, nichts wissen, absolut rein gar nichts, müssen wir Fragen stellen! Und es spricht nichts dagegen, bei dem hier anzufangen mit unseren Fragen."

War sein Rüffel falsch, fragte sich Moretti. Seine bisherige Polizeiarbeit hatte ganz überwiegend im Verborgenen stattgefunden, verdeckte Ermittlungen hatten den Großteil seiner täglichen Routine ausgemacht. Offene Fragen zu stellen, das kannte er nicht. An die Öffentlichkeit war er erst gegangen, wenn er jemanden verhaftet, wieder einen Mafioso hinter Schloss und Riegel gebracht hatte. „Machen Sie!", wies Moretti Barillo an, der den Barbesitzer nicht aus den Augen gelassen hatte und weiter ins Verhör nahm:

„Letzte Nacht wurde in einem Geschäft in der Calle de Veste ein Mordopfer entdeckt. Wir gehen davon aus, dass es sich um mehrere Täter handelt. Es geht um das Lederwarengeschäft."

„Um Angelo und Antonia?", stieß der Barbesitzer hervor.

„Sind das die Inhaber?", fragte Barillo ganz Ohr und zückte sein Notizbuch.

„Ja, Angelo kam jeden Morgen kurz nach neun, nachdem er den Laden geöffnet hatte, auf einen Kaffee zu mir, und manchmal trank er auch zwei oder drei. Mit seiner Frau Antonia führte er dieses Ledergeschäft."

„Wie heißen die beiden mit Nachnamen? Und wissen Sie, wo sie wohnen?"

„Die waren nicht verheiratet. Angelo heißt Fratelli, oder so ähnlich. Und die wohnen doch direkt über dem Laden", sagte der Barbesitzer verwundert. „Wer aber ist denn tot?"

„Um wen es sich handelt, wissen wir noch nicht genau. Der Tote ist aber männlich. Wann haben Sie denn den Angelo zuletzt gesehen?", erkundigte sich Barillo neugierig.

Moretti saß auf glühenden Kohlen. Am liebsten wäre er sofort losgestürmt, um die Wohnung des

Paares in Augenschein zu nehmen. Konnte es wirklich sein, dass das Inhaberpärchen seelenruhig in seinem Bett schlief und der Getötete nicht Angelo Fratelli war? Wer aber war er dann?

Und wer war die anonyme Anruferin, die letzte Nacht um 22.31 Uhr den Polizei-Notruf über den Toten informiert hatte? Vielleicht diese Antonia, die zuvor eigenhändig ihren Mann umgebracht hatte? Möglicherweise gemeinsam mit ihrem Liebhaber! Eine klassische Beziehungstat? „Denkbar", folgerte Moretti.

„Weiß ich nicht genau. Ich führe doch nicht Buch über jeden, der bei mir 'nen Kaffee trinkt. Aber gestern oder vorgestern Morgen war er ganz sicher noch hier", antwortete der Barbesitzer nachdenklich auf die Frage Barillos, ernsthaft bemüht, sich zu erinnern und unterbrach damit die Überlegungen, die Moretti angestellt, die unbeantworteten Fragen, die ihn umgetrieben hatten. Moretti wollte Antworten. Jetzt gleich – und bedeutete Barillo, die Vernehmung zu beenden.

„Dann erst mal vielen Dank, Herr –?" Barillo blickte den Barbesitzer fragend an, während sein Stift schreibbereit über seinem kleinen Notizbuch verharrte.

„Frascati. Silvio Frascati", dem anzumerken war, dass er sich in der Rolle des Befragten nicht gefiel und froh war, als Barillo und Moretti eilig seine Bar verließen. Gleichwohl rieb Silvio Frascati sich genüsslich die Hände als er daran dachte, was für eine abenteuerliche Geschichte er seinen Gästen würde heute feilbieten können. Während er fröhlich pfeifend einen Kaffee zubereitete, grübelte er, wie er die aufregende Neuigkeit weiter ausschmücken konnte … und als Mauro Castelletti, Stammgast in Silvios Bar und Postbote für die Hausnummern 1401-2598 im *Sestiere* San Marco, eintrat, wartete Silvio schon sehnsüchtig darauf, die blutrünstige Mordgeschichte unter das Volk bringen zu können.

Irgendwo am Rande seines Gehirns schwebte ein Gedanke, den er vorhin, während der Befragung durch die beiden Polizisten, nicht hatte greifen können – und auch jetzt verdrängte Silvio Frascatis Aufregung über den sensationellen Vorfall seine Erinnerung an Antonia, die er heute in aller Herrgottsfrühe glaubte, bei etwas sehr Merkwürdigem gesehen zu haben. Weder, dass seine Beobachtung der Schlüssel für die Aufklärung des Falles sein würde, noch, dass selbst sein rechtzeitiges Erinnern ein weiteres Opfer nicht hätte verhindern können, ahnte er.

Schon beim Eintreten in den Hausflur hatte Moretti gespürt, dass etwas nicht in Ordnung war. Zwar konnte er sich nicht rühmen, einen angeborenen sechsten Polizeisinn zu haben – seine kriminalistischen Erfolge beruhten auf harter Arbeit –, unmerkliche Details aber registrierte er und zog aus ihnen Schlussfolgerungen, die ihn oft auf die richtige Fährte geführt hatten. Vielleicht war es die angelehnte Eingangstür, die seine Ahnung begründete – jedenfalls war er nicht überrascht, als er das verletzte Polizeisiegel bemerkte, dass Barillo erst wenige Stunden zuvor am

Hintereingang des Lederwarengeschäfts angebracht hatte und dessen zackiger Riss von einem ungebetenen Besucher zeugte.

Ohne im Innern des Ladens nachzuschauen, stürmte Moretti die Treppe nach oben, Barillo anblaffend, wieder die Spurensicherung herzubestellen und auf das versehrte Siegel deutend. Auf dem Treppenabsatz des ersten Stockwerks angekommen fiel Moretti die Entscheidung für das weitere Vorgehen leicht – nur eine Wohnungstür ging von dem schmalen Flur ab. Kein Namensschild kündete davon, dass hinter der Tür die Besitzer des Lederwarengeschäfts, Angelo Fratelli und seine Partnerin Antonia, wohnten; Moretti korrigierte seine Überlegung: Angelo wohnte vielleicht nicht mehr dort. Ob seine Seele im Himmel war – „hmm, vielleicht", Moretti war nicht sonderlich gläubig, Angelos Körper aber war wahrscheinlich der im Leichenschauhaus.

Die Aussage des Barbesitzers hatte glaubwürdig geklungen und Moretti zögerte nicht länger, sondern hämmerte ungestüm gegen das Türblatt.

„Sollte es wirklich so einfach sein?", fragte Moretti sich. „Kann ich den Fall vielleicht gleich schon lösen?", setzte er seinen hoffnungsvollen Gedanken fort und rief laut in die frühmorgendliche Stille des leeren Hausflurs:

„Polizei! Öffnen Sie!"

Drinnen rührte sich nichts.

Barillo, der sich mit Carlo von der Spurensicherung, der gar nicht einsah, wieder an den gleichen Tatort auszurücken, ein Wortgefecht geliefert hatte, schob Moretti, der unentschieden wartend vor der geschlossenen Tür verharrte, mit den Worten „Lassen Sie mich mal!" zur Seite, zog seine Hose am Bund ein Stück hoch, trat zwei Schritte zurück, um mit Schwung einen gezielten Tritt gegen die Tür in Höhe des Schlosses zu landen.

Moretti wunderte sich – er hätte Barillo, der etliche Kilo zu viel auf den Rippen hatte und eher dem Wein und gutem Essen zuzusprechen schien, als sportlichen Aktivitäten, solch' eine behände Aktion nicht zugetraut und schmunzelte innerlich: „Wie ein Schlachtschiff, das durch die See prescht."

Die Tür war besiegt.
Die Wohnung war leer.

Schnuppernd reckte Barillo seine Nase in die Luft: „Die Wohnung riecht nicht so, als wäre länger niemand hier gewesen", stellte er fest und bemerkte kalten Zigarettenrauch und einen Hauch Parfüm in der Luft.

Sie machten sich an die Arbeit.

Moretti inspizierte das Schlafzimmer. Nichts war auffällig, keine frisch verwitwete Frau vergnügte sich mit ihrem Liebhaber im Bett, nachdem sie gemeinsam den Ehemann ermordet hatten.

„Unaufgeregt", notierte Moretti im Geiste.

Ein Doppelbett, zwei Nachttische, ein Schrank; Vorhänge zugezogen, „recht ordentlich alles". Auch in der Küche saß weder eine trauernde, noch eine feiernde Hinterbliebene; dreckiges Geschirr lag in der Spüle. Die Essensreste waren zwar eingetrocknet, aber nicht verschimmelt. Wassertropfen jedoch waren weder in der Spüle, noch im Waschbecken im Badezimmer zu bemerken – die Toilette aber wirkte auf Moretti, als habe sie vor nicht langer Zeit jemand benutzt. Er täuschte sich nicht: ein dünner Wasserfilm benetzte die Keramik des Beckens.

„Ein paar Stunden. Höchstens", stellte Moretti lakonisch fest.

Barillo, dem aufgefallen war, dass sich erstaunlich wenig persönliche Dinge in der Wohnung befanden, nickte zustimmend. Beinah an ein Hotelzimmer oder Ferienapartment erinnerte ihn die Wohnung, die in seinen Augen kein bewohntes Zuhause war. Weder hingen oder standen irgendwo Fotos, noch fand sich in den Schränken Privates: keine Briefe, keine Kontoauszüge, kein alltäglicher Kram, der sich selbst im ordentlichsten Haushalt über kurz oder lang ansammelte. Auch die wenige Kleidung, die in den Schränken hing, hätte zwar von Armut zeugen können, aber die Etiketten – *Prada*, *Gucci*, *Versace* – bewiesen etwas anders. „Hier wohnt keiner ständig!"

Ernüchtert begaben sich Barillo und Moretti eine Etage tiefer und der Commissario öffnete vorsichtig, seine Hand mit dem Jackenärmel abdeckend um keine Fingerabdrücke zu hinterlassen oder zu verwischen, die Hintertür zum Ladengeschäft. Auf den ersten Blick schien alles unverändert. Nur der süß-säuerliche Verwesungsgeruch des Blutes war stärker geworden.

Moretti würgte.

Im vorderen Teil des Ladens, den Verkaufsräumen, beruhigte sich sein Magen wieder. Schon früher war ihm, ganz zur Belustigung vieler Kollegen, bei den wenigen Gelegenheiten, in denen er es mit Leichen zu tun bekommen hatte, schnell übel geworden. Empfindlich oder zartbesaitet hatte ihn nie jemand genannt – und nach seinem Amoklauf in Don Alfonsos Villa begegneten ihm seine Kollegen mit noch mehr Respekt. Auch wenn sie hinter vorgehaltener Hand seinen Gemütszustand diskutierten, ihn den *freddo eleganza*, den kalten Eleganten, nannten.

Edel und steril wirkten die Verkaufsräume. In hochglänzend lackierten Vitrinen und Regalen lockten Handtaschen, Portemonnaies und Aktenkoffer. Eine Symphonie in schwarz und braun, unterbrochen durch pinke, grüne und rote Farbtupfer. Zwar prangten keine Logos von Luxusmarken auf den Taschen, aber selbst Unerfahrenen konnte nicht verborgen bleiben, dass die Ware exquisit war. Moretti strich über das samtene Leder einer schwarzen Damenhandtasche, seine Finger fuhren über die sorgfältigen Nähte – und das Innere der Tasche ließ ebenso hochwertige Materialien und Verarbeitung erkennen. Beim Blick auf den Preis stutzte Moretti: „19,- €? Das kann nicht stimmen!"

Zu ihrem einjährigen Beziehungsjubiläum hatte er seiner Frau Laura eine sündhaft teure Handtasche geschenkt. Fast ein halbes Monatsgehalt hatte er dafür auf den Tisch blättern müssen. Und dabei war es keine Designerware gewesen! Ja – er hatte damals noch viel weniger verdient und in Lire bezahlt, ein dickes Bündel

Scheine waren über den Ladentisch gewandert, aber 19,- € für das Stück hier? Moretti hielt die Tasche skeptisch hoch. Er konnte außer dem *Made in Italy*-Slogan keine weiteren Bezeichnungen oder Herstellerangaben in der ihm spotbillig erscheinenden Tasche entdecken, um einen Preisauszeichnungsfehler aber musste es sich handeln. Eines Besseren wurde er schon nach wenigen Sekunden belehrt: alle Taschen wurden für 19,- oder 29,- € offeriert. Und die Portemonnaies gab es für 9,- €.

„Für 9,- €!" Moretti schnalzte verwundert mit der Zunge. „Ich muss einen Blick in die Bücher werfen", sann er, „das schreit nach Betrug."

Als Mafiajäger hatte er häufiger mit Bilanzen, Abrechnungen und anderem Geschäftskram zu tun gehabt und auch wenn ihm das Jonglieren mit Zahlen keine Freude bereitete, lesen konnte er sie, Ungereimtheiten entdecken. Und diese hier schrie nach Beachtung. Moretti blickte sich fragend um: „Wo ist die Kasse?"

Er konnte sie nirgends entdecken.

Auch nicht an der Stelle, wo er sie vermutete, auf einem kleinen Tresen, hinter dem ein Bürostuhl stand und in dessen Fächern sich Papier, Stifte, einige Prospekte und Unterlagen und andere Büromaterialien befanden.

Hier hätte auch die Kasse stehen sollen.

„Müssen!"

Die italienischen Steuergesetze waren sehr streng. Eine Kasse war nicht nur Pflicht, sondern jedem Kunden musste ein Kassenbon mitgegeben werden.

Die *Polizia di Finanzia* lauerte sogar vor den Geschäften und kontrollierte die Bons – und konnte ein Kunde keinen Bon vorweisen, wurde sogar dieser zur Rechenschaft gezogen und musste mit einer happigen Strafe rechnen.

„Wie kann es keine Kasse geben?", fragte sich Moretti. Und überlegte weiter: „Oder ist sie verschwunden? Also doch ein Überfall, ein schnöder Raub!? Diebe, die die Kasse gestohlen haben – und den Ladeninhaber abmurksten?!" Lose, am Tresen herabbaumelnde Kabel wertete er als Indiz für diese These. Auch der leere Tresor konnte voll gewesen sein ... vor Morettis Augen quollen Geldscheine aus dem metallenen Ungetüm.

„Ordentlich Umsatz wird der Laden bei den Preisen gemacht haben", sinnierte Moretti und versuchte, sich eine Vorstellung von der Größenordnung der umgeschlagenen Waren und eingenommenen Gelder zu machen – „Zwei- oder dreihundert Taschen am Tag, multipliziert mit 25 ergibt 7. 500,- Euro, mal 30 Tage sind", Moretti rechnete, „225.000,-! Ein ganzer Batzen! Schon für weniger ist getötet worden!", setzte er seinen Gedanken fort.

„Barillo", rief Moretti, „haben Sie eine Kasse gesehen?"

Barillio, der das kleine Lager in Augenschein genommen und auch in das blutbesudelte Büro einen Blick geworfen hatte, eilte fragend herbei: „Eine Kasse?"

Moretti zeigte auf den Tresen: „Die Kasse fehlt."

Barillo schüttelte den Kopf – die Kasse habe er

nicht gesehen.

„Und noch etwas ist merkwürdig", fuhr Moretti fort, „‚die Lederwaren sind erstaunlich günstig. Mit rechten Dingen kann das nicht zugehen. Vielleicht handelt es sich um Hehlerware, anderenorts gestohlene Taschen. Selbst für Plagiate aus fernöstlicher Produktion sind die Waren nämlich zu günstig", schlussfolgerte Moretti.

Barillo hörte schweigend zu.

Einige Minuten später hatten Moretti und Barillo ihre oberflächliche Bestandsaufnahme abgeschlossen. Sie hatten nicht feststellen können, wer das Tatortsiegel gebrochen hatte. Und weshalb. Vor dem Laden warteten sie auf das Eintreffen der Spurensicherung, während die Stadt zum Leben erwachte und sich für den neuerlichen Ansturm rüstete. Die flachen, mit Waren aller Art beladenen Transportboote tuckerten durch die Kanäle, unentwegt spuckten die *Vaporetti*, Venedigs Wasserbusse, die Berufspendler aus, die vom Festland an ihre Arbeitsplätze in Boutiquen, Hotels und Restaurants eilten, an den ersten Geschäften wurden die Rollläden scheppernd hochgezogen und Ladeninhaber begrüßten sich wortstark und schnatterten miteinander.

„Commissario", wandte sich Barillo an Moretti, „was halten Sie davon, wenn wir die Zeit nutzen und uns in den Nachbargeschäften erkundigen? Vielleicht erfahren wir da mehr."

Mit verstohlener Bewunderung verfolgte Moretti

Barillos „Verhöre". Geschickt verstand der Sergente es, die Befragten auszuhorchen. Barillo erwies sich als einfühlsamer Menschenkenner, der stets den richtigen Ton und Nerv fand und innerhalb kurzer Zeit die vermeintlichen Zeugen wie eine Zitrone ausgequetschte, ohne dass sie es bemerkten.

Gesehen aber hatte keiner etwas. Zwar wusste der einheimische Pizzabäcker mehr zu erzählen, als andere – international war die Truppe der Geschäftsinhaber in der Calle de Veste: eine amerikanische Galeristin, die mit geräuschvollem *Oh my God!* und vor den Mund geschlagener Hand die Kunde von dem Mord aufgenommen und kommentiert hatte, ein Mailänder Modehändler, der selbst nur einmal pro Woche seinen Laden für exquisite Damen-Unterwäsche aufsuchte und ebenso wenig etwas gesehen hatte, wie seine jungen, attraktiven Angestellten – allesamt Männer, die auch jedem Cover einer Fitnesszeitschrift zur Ehre gereicht hätten –, und der asiatische Verkäufer, der den unvermeidlichen, jede Gasse Venedigs verschandelnden Andenkenladen bereits in zweiter Generation führte, trug auch nichts dazu bei, Licht ins Dunkel des Falls zu bringen.

„Was haben wir?", fragte sich Moretti, an seiner Hand die Beweise und Vermutungen aufzählend:

„1. Vom Barbesitzer Silvo den Namen des Inhabers.

2. Den aber kannten wir vorher schon aus den Unterlagen des Gewerbeamtes.

3. Sehr wahrscheinlich ist das auch unser Toter – identifiziert haben wir ihn aber noch nicht.

4. Auch von der Antonia, Angelos Partnerin, wissen wir außer einer vagen Personenbeschreibung so gut wie nichts.

5. Dass der Laden der beiden immer proppenvoll ist, haben uns alle bestätigt – dass er sogar Anziehungspunkt ist und der Umsatz von der Pizzeria und dem Dessouladen in den letzten Monaten deutlich gesteigert hat, ist bei den günstigen Preisen für die Taschen durchaus nachvollziehbar", resümierte Moretti, der sich nachdenklich sein Kinn rieb. Stoppelig war es, die Zeit für seine morgendliche Rasur war bereits überschritten. Er sah den Kanal hinab –

„Die Eisdiele hätte laut Aushang schon geöffnet sein müssen", stellte Barillo beim Blick auf seine Uhr fest und riss Moretti aus seinem leeren Starren. „Vielleicht macht sie heute später auf. Oder hat Ruhetag", mutmaßte er und blieb schweigend neben Moretti stehen. Es war an ihm, dem Commissario, den Dienst zu beenden. Zeit war es! Die Uhr des nahegelegenen *Campanile* schlug bereits halb zehn. Die Eisdiele war das letzte Geschäft in der Calle de Veste, in dem sie noch nicht ihre Fragen gestellt und nachgebohrt hatten.

„Machen wir Schluss!", entschied Moretti widerwillig, dessen Ehrgeiz ihn trotz Erschöpfung den Fall zum Ende bringen lassen wollte. „Ha! Wie vermessen bin ich!" Er schüttelte über seinen eigenen Anspruch seinen Kopf. „Einen Mord nach ein paar Stunden aufklären – das gibt's nur im Kino!"

Barillo und Moretti verabredeten, am Nachmittag in

der Questura wieder zusammenzutreffen; Barillo versprach, dem Polizeiarzt bis dahin Beine gemacht und das Obduktionsergebnis vorliegen zu haben und hielt die Hand zum Abschied gereicht.

„*Ciao*" Moretti winkte – und ergriff nach kurzem, aber zu langem Zögern Barillos Hand und schüttelte sie: „*Ciao* Sergente!"

– kameradschaftlich.

Tim Che

10

Schon über 90 Minuten war Moretti unterwegs. Er war genervt und rutschte unruhig auf seinem Sitz hin und her. Allein eine halbe Stunde hatte er an der Piazzale Roma auf seinen Bus warten müssen, Auspuffgase der unzähligen Reisebusse, die unentwegt Besucher ausspuckten, eingeatmet und in der schon hoch am Himmel stehenden Sonne sein Oberhemd durchgeschwitzt. Wie in Honig getaucht klebte es ihm am Körper. Seit über 24 Stunden steckte er bereits in dem einstmals frischen, weißen Stück Baumwollstoff. Er verabscheute es, sich unsauber zu fühlen und zupfte an der Knopfleiste seines Hemdes, um kühle Luft an seine Brust zu fächern. Wenn er sich nicht täuschte, dann musste er an der übernächsten Haltestelle aussteigen.

Endlich!

Einen großen Umweg war er vorhin, nachdem er sich von Barillo getrennt hatte, gegangen.

Sicherlich!

Die spärlichen gelben Hinweisschilder hatten ihm nicht geholfen – ohnehin gab es nur eine Handvoll dieser an Hauswänden pappenden Wegweiser. Denen zu folgen, war jedoch kein guter Rat – zeigten sie zwar den Weg zum Markusplatz, zur *Ferrovia*, dem Bahnhof, zur Rialto-Brücke und zur *Accademia* und die Richtung mochte stimmen, aber weder offerierten sie die kürzeste Verbindung, noch die schnellste.

Selbst als Moretti endlich den Canal Grande am Ende einer Gasse hatte aufblitzen sehen, hatte er feststellen müssen, dass die nächste Haltestelle der *Linea 1*, der *Vaporetto*-Verbindung, die den Canal Grande befuhr und an der Piazzale Roma endete und begann, genau gegenüberlag, auf der anderen Seite des fast 50 Meter breiten Wasserlaufs, der Venedig einem Fragezeichen gleich durchzog.

„Vaffanculo!", hatte er geflucht. Rüberschwimmen war keine Option, so war Moretti weiter durch San Marco geirrt, bis er endlich an der Rialto-Brücke das *Vaporetto* besteigen konnte. Wenigstens fuhren diese Personenboote regelmäßig alle 10 bis 20 Minuten. Die Busse nach Mestre hingegen seltener. So schloss Moretti erst kurz vor 11 Uhr die gesprungene Glaseingangstür des 6-stöckigen Mietshauses auf, in dem Laura und er ein 3-Zimmer-Apartment bewohnten.

Die Wohnung war dunkel – und roch, wie er sich fühlte.

Muffig.

Die Vorhänge im Wohnzimmer waren vorgezogen, so dass nur schmale Streifen Sonnenlichts, Pfeilen gleich, hineinfielen, und die tanzenden Staubkörner aufspießten.

Es war still.

Die geschlossenen Fenster sperrten den Straßenlärm aus.

„Laura", rief Moretti mit leiser Stimme und öffnete die Schlafzimmertür.

Dort lag sie.

Im Bett.

Dem großen – wie gestorben –,

in dessen Mitte Aurora sich so gerne gekuschelt hatte – auch wenn sie sich anschließend immer beschwerte, dass sie in den Spalt in der Mitte gerutscht war.

Behutsam setzte sich Moretti an den Rand des Bettes und tastete nach seiner Frau, strich ihr zärtlich über das Haar, die die liebevolle Geste mit einem mürrischen Knurren quittierte und sich herumwarf und die Decke über ihren Kopf zog. Moretti legte sacht seine Hand auf die Stelle der Decke, unter der sich Lauras Rücken befand. Still ließ sie es geschehen –

„Oh Gott" – sie hätte die Bettdecke so gerne angehoben und ihren geliebten Alessandro zu sich gezogen und eng an sich gepresst. Sie sehnte sich nach ihm, so sehr, nach seinem starken und warmen Körper, und nach seiner Liebe.

Sie konnte es nicht,

konnte es einfach nicht.

Sie biss ihre Zähne fest aufeinander, und schloss die Augen, aus denen Tränen hervorzuquellen drohten. Die Minuten zogen sich hin, bis Moretti sich erhob, seine Krawatte lockerte, sein Sakko auf den Stuhl warf, seine Schuhe abstreifte und sich, nachdem er sich über Laura hinweggeschwungen hatte, auf der freien Seite des Bettes auf den Rücken legte, seine Hand die Verbindung zu Laura nicht abreißend lassend; auch dann nicht, als sie sich wieder umdrehte, ihm den Rücken weiterhin zuwendend.

Beide schwiegen.

Gesagt war alles.

Zu tun gab es nicht mehr.

Aurora war tot; nie mehr würde ihr Lachen erklingen, nie mehr ihr Haar wehen, nie mehr würden sie ihren Körper spüren und herzen.

Mit Aurora war auch ein großes Stück ihrer Ehe gestorben. Nicht ihre Liebe war tot – es war der Schmerz, der jedes andere Gefühl zerdrückte, der der Liebe die Luft abschnürte und sie qualvoll ersticken ließ.

Und es war die Schuld, die sie ihm an allem gab.

11

Genüsslich schmatzend verspeiste Mauro Barillo einen weiteren Bissen seines Leibgerichts, die nächste Gabel schon vor seinem Mund taumelnd, so voll hatte er sie beladen mit den köstlichen „wütenden Nudeln" der *Penne al arrabiata*, nach deren Genuss seine Mundhöhle und sein Magen brausten und erst Ruhe gaben, nachdem er sie mit mindestens einem Glas Wein besänftigt hatte; „besser aber zwei oder drei!"

Für Barillo war ein Tag nur dann *perfetto*, wenn er mindestens zweimal gut aß, natürlich nur echt italienisch. Das Fast-Food, das zwischenzeitlich auch in Venedig von mehreren amerikanischen Fresstempeln angeboten wurde, taugte in seinen Augen nicht mal als Tierfutter. Jedes Mal, wenn er von Rialto kommend zur Questura ging, konnte er seinen Kopf nur über die vielen Menschen schütteln, die tatsächlich statt in einer der unzähligen einheimischen Bars oder Restaurants herrliche Antipasti, Pasta oder Pizza aßen, sich in langen Schlangen vor dem Burger-Lokal am Campo San Bartolomeo zur fließbandartigen Nahrungsaufnahme und Magenfüllung sammelten. Barillo schüttelte sich vor Abscheu und schob sich genüsslich, als könnte es der letzte Bissen sein, den er verspeiste, eine weitere Portion in seinen hungrigen Leib, genoss sein Mittagessen und sein Blick schweifte über die rotbraunen Dächer der Lagunenstadt.

Sattsehen konnte er sich nicht an der Aussicht von seinem *Altan*, der hölzernen Dachterrasse, die er von seiner Wohnung aus über eine schmale, wurmstichige Treppe erreichte. *Campanile*, die Glockentürme der Kirchen, die wie Pfähle im Wasser das Dächermeer durchbrachen, stachen heraus; manche schief, andere baufällig, wie viele Gebäude der Stadt, deren Schönheit das Bröckelnde aber keinen Abbruch tat. Im Gegenteil: die Jahrhunderte alten Palazzi präsentierten die Spuren ihren Alters, Zeichen des vergangenen Lebens trugen sie in seinen Augen Stolz zur Schau, abgeplatzter Putz, hier und da ein Stein fehlend, ein krummer Balkon dort und ein schiefes Fenster da – wie Narben, die von früheren, aufregenden Erlebnissen zeugten, bekräftigten diese „Makel" nur den Anspruch, den Venedig zu Recht erhob: die Unvergängliche, die schon so viel erlebt hatte. Jeder einzelne Winkel, jede der unzähligen Brücken, jede der Calle und Canale hatten mehr zu erzählen, als eine ganze, moderne Stadt.

Verliebt war Sergente Barillo in seine Stadt und blickte über das blaue, dickdunstige Wasser des zu den Füßen seines Hauses liegenden Canale delle Navi auf San Michele, die Friedhofsinsel. Napoleon hatte sie angelegt und schon damals hatte sie für Aufregung gesorgt. Nicht nur die Ruhe der Toten, sondern auch die der Lebenden wurde erst unlängst wieder gestört: Der Platzmangel auf der kleinen Insel hatte es erfordert, dass die Gräber nach nur 10 Jahren wieder geräumt werden mussten, die Gebeine dann in Kisten gepackt und anderenorts verwahrt oder verbrannt wurden, um Platz für frische Leichen zu schaffen – aber selbst das war nicht hinreichend, um den

Totenansturm zu befriedigen. Neue Grabstätten mussten dringend her.

„Hmpf!" Barillo schnaufte, froh am Leben zu sein. „Ich werde meine Nachfrage nach einem Grab so lange herauszögern, wie mir möglich ist."

Die Stadtverwaltung hatte seinerzeit den Bau von mehrstöckigen Grabkammern beauftragt – wie Sardinen in der Dose übereinandergestapelt! –, quaderförmigen Betonklötzen, in denen Aussparungen für Urnen und Särge die Toten aufzunehmen versprachen. Schon während des Baus hatte es Mängel und Ungereimtheiten gegeben, die sich zu einem gehörigen Skandal ausgeweitet hatten. Auch die Questura war in die darauffolgenden Ermittlungen eingeschaltet. Aber in Italien kamen die Korruption und Bestechung, der Schmuh und das Mogeln, meist ungeschoren davon –

die Verdächtigungen ließen sich nicht beweisen,
Unterlagen waren nicht mehr auffindbar,
unerklärliche Gedächtnislücken taten sich auf
und erhobene Anschuldigungen verstummten.
So plötzlich, wie sie gekommen waren.

Der alte Commissario hatte damals unermüdlich versucht, das mafiöse Dickicht zu lichten – vorschnell wurde er vom Vize-Questore ausgebremst, vom Fall abgezogen –

Strippen waren heimlich gezogen,
Gefallen nachdrücklich eingefordert,
und wüste Bedrohungen ausgestoßen worden.

Öffentlich wurde nur der Fall des kleinen Handwerkers Tomaso, der einen ungeeigneten Kleber benutzt hatte, um die Betonquader miteinander zu verbinden. An ihm wurde ein Exempel statuiert – dabei war sein Fehler keine Absicht, brachte ihm keine Vorteile und war weit entfernt von dem eigentlichen Pfusch und der wirklichen Abzocke.

Stundenlang konnte Barillo sich auch heute noch darüber ereifern. Die großen Bösen kommen ungeschoren davon, während die kleinen, fleißigen und ordentlichen die Zeche zahlen müssen. Innerlich fluchte Barillo, schob seinen leeren Teller von sich weg, griff das noch halbvolle Weinglas, nahm einen kräftigen Schluck und lehnte sich in seinem Stuhl zurück, und begann, im Halbschatten des Sonnensegels, dass seine Dachterrasse überspannte, zu dösen.

Das Bimmeln des *Telefoninos* riss ihn aus dem Schlaf. Einige Augenblicke brauchte er, um sich zu orientieren und zu realisieren, dass es sein Handy war, das nicht aufhörte, zu klingeln.

„*Pronto*", meldete Barillo sich missmutig, der beim kurzen Blick auf die Zeitanzeige seines Smartphones feststellte, das er gerade mal 10 Minuten geruht hatte.

„Hier Carlo. Wir haben die Spurensicherung abgeschlossen."

„Ja, und?!", fragte Barillo ungewohnt kurzsilbig und unwirsch. „Habt Ihr keinen Bericht angefertigt?"

„Doch, doch", beeilte Carlo sich zu sagen, „aber es gibt einige Auffälligkeiten, die ich mit Dir besprechen wollte."

„Hm", grummelte Barillo.

Carlo fasste dies als Aufforderung auf, fortzufahren: „So richtig wussten wir nicht, welche Spuren ihr gesichert haben wollt. Wir haben dann erst mal die Eingangstür unter die Lupe genommen und schon da fiel uns etwas Merkwürdiges auf." Carlo hielt kurz inne, um der Eröffnung seiner Entdeckung besondere Dramatik zu verleihen – Mauro Barillo, der sich immer noch über die mittägliche Störung ärgerte und sich umständlich aus der halbliegenden Position, die er in seinem Stuhl eingenommen hatte, hochkämpfte, ließ das kalt, schweigend hielt er den Hörer lose an sein Ohr gedrückt.

„Es gab deutliche Spuren, dass jemand den Türrahmen, Klinke und Türblatt abgewischt hat. Und zwar sicher keine Putzfrau; denn in der ganzen Wohnung wurden sorgfältig alle Stellen, an denen wir sonst zu Haufe Fingerabdrücke finden, geputzt und Spuren getilgt." Wieder hielt Carlo einen Moment inne.

„Und?"

„Mauro – die Wohnung wurde von einem oder mehreren Profis gereinigt. Die wussten, was sie tun. Und wer wischt seine Fingerabdrücke weg? Und wieso? Das stinkt ganz gewaltig mein lieber Barillo!", stieß Carlo hervor. „Nur einen einzigen Abdruck eines Handballens haben wir am Türblatt sichern können! Nachdem wir also ahnten, dass in dieser Wohnung irgendetwas komisch ist, haben wir genauer hingeguckt."

„Und sonst – da schaut Ihr nicht genau?" Barillo war wirklich nicht in der Stimmung, Carlo die Ergebnisse aus der Nase zu ziehen und dessen Ego zu streicheln.

„Äh – doch, doch", beeilte sich Carlo zu bekräftigen, und sprudelte hervor: „Wir haben uns jeden Flecken der gottverdammten Wohnung mit der Lupe angesehen, jede Wand, jedes Möbelstück, jede Fliese. Nichts! Aber als wir das unter UV-Licht nochmal taten – *voila!* – auf dem Teppich des Flurs entdeckten wir einen Blutfleck, der aufgrund des Musters des Teppichs sonst unsichtbar geblieben wäre. Das Blut war kaum geronnen."

„Teppich? Was für ein Teppich?" Barillo war hellhörig und versuchte sich zu erinnern, wie lange Blut brauchte, bis es gerann.

„Der Läufer im Flur."

„Im Flur?"

„Ja, so ein Perserteppich, rot-blau, orientalisch gemustert", erläuterte Carlo, leicht genervt, dass Barillo so auf dem Teppich selbst rumhackte, wo er ihm doch gerade von dem aufsehenerregenden frischen Blut berichtete.

„Im Vorraum des Lagers und Büros lag kein Teppich!", das konnte Barillo beschwören; nur nackter Steinfußboden.

„Büro, Lager?", jetzt war es an Carlo, verblüfft zu sein. „Wir sprechen schon über das gleiche Objekt, über die Wohnung im ersten Stock, oder?"

„Was? Das Siegel des Tatorts war doch gebrochen. Ihr solltet im Laden nachschauen, wer sich da vielleicht zu schaffen gemacht haben könnte!"

„Du hast aber doch von der Wohnung des Ladeninhabers im ersten Stock gesprochen, als Du angerufen hast. Die sollten wir untersuchen. Oder nicht? Oder beide?", stammelte Carlo verunsichert.

„Da waren wir, als ich anrief, ja. Es ging aber um den Laden. Den Tatort natürlich!", stöhnte Barillo.

„Äh – sollen wir nochmal hin?"

Barillo überlegte – der Commissario und er hatten den Laden ja überprüft und nichts weiter feststellen können; jetzt, nach so vielen Stunden, nochmal nachgucken zu lassen – er schüttelte mit dem Kopf: „Ich nehm' das auf meine Kappe – geht ins Bett Carlo, für heute ist es gut."

„Und was ist mit dem Blut auf dem Teppich?", erinnerte Carlo an seine Trophäe.

„Hm" Barillo schien die Sonne auf den Kopf, die sein schütteres Haar mit Leichtigkeit durchdrang und sein Denken hemmte.

„Sollen wir es ins Labor geben? Vielleicht stammt es ja von unserem Toten?", schlug Carlo vor.

Barillo stimmte dem Vorschlag zu und beendete das Telefonat. Erschöpft sank er in seinen Stuhl zurück und versuchte, seinen Adrenalinspiegel, den das Telefonat verursacht hatte, zu senken. Die Gedanken aber, einmal angestoßen, wollten nicht ruhen. Er grübelte über den Fall, den brutalen Mord, die verschwundene Frau und das merkwürdige Geschäft, als erneut sein Handy klingelte.

Heiß brannte das Plastik des durch die Sonne erhitzten Telefons an seinem Ohr, während er der aufgeregten, sich fast überschlagenden Stimme eines Beamten der Wasserschutzpolizei lauschte. Das wilde Knattern des

Stimmengewirrs des Bootsfunkgeräts im Hintergrund machte es für Barillo nicht leichter, seinen Kollegen zu verstehen. Etliche Minuten und Nachfragen später hatte sich ein Bild herausgeschält, dass nicht nur Barillo den Atem stocken ließ.

Ein zweiter Leichnam müsste nach San Michele hinübergerudert, ein weiterer Mörder verhaftet und neues Rätsel gelöst werden.

12

Maria erwachte. Ihr Bewusstsein kehrte nur langsam zurück, wie aus schwarzer Meerestiefe der Oberfläche entgegentreibend. Heller wurde es, unklar blieb es. Schemen tanzten vor ihren Augen, und ihr Kopf: Er platze! Als würde das Blut in ihm kochend blubbern; als wäre die beim Auftauchen notwendige Dekompression ausgelassen worden.

„Francesca! Paulo!" – aufgesprungen wäre sie, hätte sie gekonnt. Ein Beobachter hätte bei der dick einbandagierten Kranken, aus der an mehreren Körperstellen Schläuche wie Verlängerungen ihrer Arterien und Venen zu wachsen schienen, keine Regung vernommen – aber es war niemand da; keiner beobachtete die schwer verletzte Maria, Inhaberin der Eisdiele in der Calle de Veste die innerlich aufschrie vor Sorge um ihre beiden Kinder und befürchtete, sich nicht mehr bewegen zu können.

„Wo bin ich? Was ist passiert?" Ihre Gedanken überschlugen sich.

„Und was ist mit Francesca und Paula?" Trockene Tränen quollen aus ihren Augen, sie blinzelte sie weg. Vorsichtig versuchte sie ein weiteres Mal, sich zu bewegen;

„Es geht – aber es tut so weh!"

Sie konnte sich rühren, ihre Gliedmaßen bewegen und ihr Blick klarte sich allmählich. Im gedämmten Licht erkannte sie die Konturen von Überwachungsmonitoren, die sie umgaben; eine blütenweiße Bettdecke war ihr bis zum Kinn hochgezogen, kahle Wände starrten sie mitleidlos an.

„Krankenhaus. Ich bin im Krankenhaus." So einfach und schnell sie dies schlussfolgerte, so sehr aber war die Vergangenheit ausgelöscht.

„Wie bin ich hier hingekommen?" Maria versuchte, sich aufzusetzen, „ganz langsam", den linken Arm ein Stück nach oben ziehen, abstützen, den Rücken anheben und hoch rutschen – es gelang ihr, und sie sah die neben ihr baumelden Nutrufanlage, den roten Knopf mit dem Krankenschwesternsymbol. Sie drückte drauf.

Nichts passierte, keine Klingel ertönte, kein Licht sprang an, niemand kam. Wieder presste sie ihre Finger auf den Knopf; und wieder, sie drückte so heftig sie konnte und stöhnte erleichtert auf, als sie endlich das vertraute Geräusch einer sich öffnenden Tür vernahm und Schritte, die sich ihr auf dem Linoleumboden quietschend näherten.

„Ruhig. Bleiben Sie ruhig. Ich bin da!" Das Gesicht einer Krankenschwester schob sich in Marias Blickfeld. „Haben Sie Schmerzen?", fragte die Schwester und entnahm Marias verkrampften Fingern sanft den Notrufknopf.

Schmerzen hatte sie – und was für welche. Aber das war es nicht, was ihr wichtig war.

„Meine Kinder?!", flehentlich fragte Maria nach Francesca und Paula mit gebrochener Stimme, die sich in ihren eigenen Ohren anhörte, als spräche jemand anderes weit, weit weg.

„*Dove?*" – Wo, setzte sie flüsternd nach, in das

verständnislose Gesicht der Schwester blickend, die *„uno momento"* murmelnd aus dem Zimmer verschwand.

Minuten schienen sich für Maria wie Stunden hinzuziehen, während sie wartete.
Worauf?
Sie wusste es nicht.
Holte die Schwester ihre Kinder, die vielleicht vor der Tür warteten, herein – sie hoffte es so sehr; und könnte Gedankenkraft reales Geschehen beeinflussen – die Stärke von Marias Wunsch hätte ausgereicht. So aber stürmten nicht Francesca und Paula, Paula der obwohl an Jahren jünger der große Bruder Francescas war, an ihr Bett, sondern zu ihr trat ein in weißem Arztkittel gekleideter Mann – um die 50 mochte er sein, seine dunklen Augenringe zeugten von zu wenig Schlaf oder Erschöpfung oder beidem –, der sich als Dottore Schipelli vorstellte und sich nach ihrem Zustand erkundigte:
„Wie geht es Ihnen?"
„Meine Kinder?!" wiederholte Maria die Frage, die auch bestimmen würde, wie es ihr ging
„Denen geht es sicher gut."
„Wo sind sie? Was ist mit ihnen?"
Dottore Schipelli guckte verwundert: „Sie haben sie doch gestern begleitet, sind mit dem Ambulanz-Boot mitgefahren, und später dann von ihrer Nachbarin, ich glaube es war ihre Nachbarin, mitgenommen worden."
„Ich erinnere mich nicht. Ich weiß nicht. Ich habe keine Erinnerung, was passiert ist." Die Verzweiflung

ob dieser Erkenntnis war Maria anzumerken.

„Langsam, langsam", unterbrach der Doktor sie. „Wir haben Ihnen Schmerzmittel verabreicht und auch die Narkose lässt erst langsam nach. Da kann auch das Denken und Erinnern manchmal schwerfallen. Ich möchte Sie jetzt aber einmal untersuchen und bestimmt geht es Ihnen in ein paar Stunden schon besser." Dottore Schipelli legte seine Hand auf Marias Unterarm, strich über ihn und drückte ihn sanft.

„Und jetzt sagen Sie mir bitte, wo sie Schmerzen verspüren."

Während der Doktor ihren zerschlagenen Körper untersuchte und die Landkarte ihrer Verletzungen abfuhr – Kopf: zwei Platzwunden, Rippen: einige gebrochen, Prellungen und Blutergüsse an den Beinen und dem Rücken – kehrten schlimme Bilder zurück: Wie ein alter Super8-Film, der zu langsam und zu schnell zugleich lief, huschten Standbilder in rasender Folge an ihrem inneren Auge vorbei ...

... der Laden,

das Blut,

die Tasche,

der Anruf,

das Klopfen,

die Schläge – und immer wieder die Schläge und Tritte, die auf ihren zierlichen, aber zähen Körper prasselten.

13

„Dottore Schipelli!" Gönnerhaft reichte der Arzt Moretti die Hand, die dieser mürrisch ergriff.

Schon seit einer geschlagen halben Stunde hatten Barillo und der Commissario auf dem Flur des *Ospedale* auf den Arzt gewartet, der in Vertretung des von der Questura normalerweise bestellten Leichenbeschauers ihren Ermordeten untersuchen sollte.

„Hoffentlich hat er die Obduktion endlich durchgeführt!" Moretti schüttelte den Kopf – über 18 Stunden lag der Tote bereits in der Leichenhalle rum. „Ja, eilig hat er es nicht", dachte Moretti, „aber ich!"

Erst war ihr Polizeiarzt nicht zu erreichen gewesen bis sich herausstellte, dass dieser schon vor über sechs Wochen die Zusammenarbeit mit der Questura aufgekündigt hatte und nur noch in seiner eigenen Praxis praktizierte, dann hatte die Polizeidirektion in Mestre mitgeteilt, dass der Ersatzmediziner krank sei und schlussendlich hatte Barillo, wie er Moretti bei ihrem Zusammentreffen in der Questura vor einer Stunde geflissentlich informierte, seinen Freund, den Dottore Schipelli für die Obduktion gewinnen können. Der Dottore habe früher schon für den alten Commissario die ein oder andere medizinische Diagnose stellen und knifflige Fälle mit seinem Wissen weiterbringen können, hatte Barillo sein Vorgehen begründet und auf ein Lob Morettis gewartet. Das ausgeblieben war.

Das Hinzuziehen Externer bedurfte zumindest bei

ihm in Bari gewichtigen Gründen und konnte nur vom Vize-Questore angeordnet werden – sicher nicht von einem einfachen Sergente! Moretti schwirrte schon der Papierkram vor Augen, den sie anschließend wegen dieser Konsultation zu erledigen hatten: Der Arzt musste nicht nur vergütet werden, Abrechnungen geschrieben und Gelder angewiesen, sondern Schweigepflichtserklärungen unterzeichnet werden.

„Wollen Sie bei der Obduktion dabei sein?", fragte Dottore Schipelli und unterbrach Morettis unerfreulichen Gedankengang.

„Ist das noch nicht geschehen?" Morettis Laune verdüsterte sich weiter.

Die vorwurfsvolle Frage blieb bleiern in der Luft hängen – unbeantwortet, Schipelli hatte sich bereits umgedreht und schritt den Flur hinab.

„Hinten sind die Räume für die Verstorbenen", bemerkte Barillo, „wollen wir?"

Moretti verkniff sich eine Antwort – er hatte keine; zwar fühlte er sich vom Dottore brüskiert, sein eigener Tonfall zuvor hatte jedoch auch nicht von Höflichkeit gezeugt. Schicksalsergeben schnaufte Moretti und trabte hinter dem Dottore her, Barillo im Schlepptau.

Mit Wucht mussten Betten von eiligem oder faulem Personal gegen die Tür geschoben worden sein – das weiß lackierte Holz war von unzähligen Metallgestellen abgewetzt worden; der hinter der Tür liegende Flur war in kreischend helles Licht getaucht und leuchtete jede Ecke und Ritze, jeden Fleck und jede Beschädigung aus, die besser im Verborgenen geblieben wären. Das Linoleum des Fußbodens glänzte speckig, von den Wänden blätterte Putz und die Möblierung war, wenn wohl nicht aus dem vorletzten Jahrhundert, so aber sicher doch 50 Jahre alt. „Vorsintflutlich", dachte Moretti, „die ganze Stadt ist eine Bruchbude."

Aus einem Raum links von Moretti rief Dottore Schipelli: „Hier!"

Moretti trat ein. In die Leichenkammer. Seine Verwunderung legte sich schnell – wie sonst üblich befand sich die Leichenkammer nicht im Keller, sondern ebenerdig – schließlich befand sich nur wenige Zentimeter tiefer nichts als Wasser, im Keller nur die Lagune.

Mit einem Schnalzen hatte sich der Dottore bereits ein Paar Latexhandschuhe übergestreift, trat an einen der beiden Metalltische, unter deren weißen Laken man unschwer die Umrisse von Körpern erkennen konnte. Wie ein Zauberer, der nach einem Kunststück die verschwundene Frau wiederauferstehen lässt, zog Schipelli das Laken weg – zum Vorschein kam keine Frau in glitzerndem Kleidchen, sondern noch bevor Moretti den Leichnam identifizieren konnte, erreichte ihn die Wolke des Verwesungsgestanks; der Tote würde ganz sicher nicht wiederauferstehen. Moretti versuchte, die Luft anzuhalten und biss seine Zähne aufeinander. Es half nichts. Der Fäulnisgeruch schien in jede seiner Poren einzusickern – auch ohne, dass er Luft holte, roch Moretti den Tod.

„Hui!" Auch Schipelli zuckte zurück. „Er riecht ein bisschen streng, hä?!" Ungeniert aber machte er sich ans Werk, begann die Kleidung des Toten von dessen Körper zu schneiden.

„Wollen wir draußen warten?", schlug Barillo taktvoll vor, dem Morettis Unwohlsein nicht entgangen war.

Moretti wollte sich keine Blöße geben und schüttelte mit zugekniffenem Mund verneinend seinen Kopf.

Unterdessen hatte Schipelli den blassen, blutleeren Körper freigelegt – dunkle Flecken bedeckten den Leib des Toten. Fast sah so aus, als trüge er ein gescheckstes Fell.

„24", zählte Schipelli, „24 Hämatome, verursacht durch stumpfe Gewalteinwirkung, vermutlich mit Fäusten und Füßen zugefügt", diktierte der Dottore in sein Bandaufnahmegerät.

Emsig und gewissenhaft setzte Schipelli die Obduktion fort. Moretti hatte sich an eine Wand gelehnt, seine Übelkeit unterdrückt, und lauschte der Stimme des Doktors, die im Stakkato das Grauen des Mordes nachzeichnete.

„Zusammengefasst: Der Tot setzte, anders als es die Spuren zuerst andeuteten, recht schnell ein – bereits der zweite oder dritte Schlag der Tresortür gegen den Kopf des Getöteten hat bei diesem zu einem Genickbruch geführt, der dessen sofortigen Tod bedeutete. Die Misshandlungen wurden jedoch *post mortem* von den Tätern fortgesetzt. Der Todeszeitpunkt lässt sich nur ungefähr bestimmen:

vorgestern, am Abend oder in der Nacht."

„Keine Überraschung", dachte Moretti, „die Obduktion brachte nichts Neues. Und dafür habe ich fast zwei geschlagene Stunden kaum geatmet und nutzlos gewartet?", fragte er sich. Was er aber erwartet hatte, hätte er, hätte ihn jemand gefragt, nicht zu beantworten vermocht. „Vielleicht den in den Leichnam eingeritzten Namen des Täters?" Moretti war verdrossen über seine eigene trügerische Hoffnung, den Fall nach der Obduktion stante pede lösen zu können.

„Wollen wir auch bei der Zweiten bleiben?" Barillos Frage riss Moretti aus seinen Grübeleien.

Moretti wusste keine Antwort – konnte er doch mit der Frage in dieser Sekunde gar nichts anfangen; die aus dem Kanal geborgene Leiche hatte er schlichtweg vergessen.

Schipelli sagte: „Warten Sie doch in meinem Büro. Claudia wird Ihnen einen Kaffee machen.", und zwinkerte Barillo hinter Morettis Rücken zu und verlieh seiner Geste mit einem kräftigen Nicken Nachdruck.

„Commissario – wollen wir?", fragte Barillo, der Schipellis Hinweis richtig verstand. Kein Arzt mochte es, wenn ihm jemand, bei welcher Untersuchung auch immer, über die Schulter guckte. Und niemand war geübter darin, mit kurzweiliger Unterhaltung Zeit zu überbrücken, als Claudia, Schipellis langjährige Sekretärin. Sie verstand es, mit köstlichen Anekdoten sogar Sterbenskranke zu einem Lächeln zu ermuntern, war eine versierte Geschichten-Erzählerin und eroberte eines jeden Herz mit ihrem sprühenden

Charme im Nu. Dass auch Moretti ihr erliegen würde –
davon war Barillo überzeugt.

Er sollte Recht behalten.

Nur wenige Minuten später saßen Moretti und er im
Büro des Dottore, einem kleinen Raum, in dem sich bis
unter die Decke Bücher stapelten, von Claudia mit
einer dampfenden Tasse Kaffee umsorgt und mit einer
amüsanten Geschichte über einen unlängst Operierten
gut unterhalten: dem war zwar irrtümlich die falsche
Schulter gerichtet worden, nach dem Eingriff aber war
die schmerzende, nicht operierte trotzdem geheilt. Nur
Claudia hatte sich getraut, dem Patienten die
Hiobsbotschaft über den Irrtum zu überbringen – und
groß war die Erleichterung, als sie Dankeswünsche
erhielt. Die Erzählung über das kleine Mädchen, deren
Spenderherz nach dem Motor-Ausfall des *Ambulanzia*-
Bootes von einer Gondel ins *Ospedale* gerudert wurde,
stimmte Moretti traurig.

„Haben Sie Kinder lieber Commissario?“

War es die gemütliche Atmosphäre in Dottore
Schipellis Büro, vereint mit der Warmherzigkeit
Claudias – oder war es nur einfach an der Zeit, es
rauszulassen, musste es jetzt raus? Vielleicht beides.

„Ich hatte eine Tochter“, antworte Moretti auf
Claudias Frage. Er wunderte sich über sich selbst; seine
Antwort aber erleichterte ihn.

„Unsere Tochter wurde entführt und ist seitdem
verschwunden. Sie ist tot.“ Das erste Mal sprach er
diese drei Worte aus – „sie ist tot“; die Hoffnung, dass
ihr verschwundenes Mädchen doch noch lebte, die

hatten Laura und er nie aufgegeben, sich in den ersten Wochen an diese Hoffnung geklammert – so unwahrscheinlich sie auch sein mochte. Auch in den Monaten danach hatten sie nie die Endgültigkeit „Tod" ausgesprochen. Sie waren nicht dem Irrglauben erlegen, dass ihre Tochter eines Tages zur Tür hereinspaziert kommen würde. Sie hatten aber auch nie ihren Tod als Realität akzeptiert und offen geäußert.

Barillo verschluckte sich und fast wäre ihm die Tasse aus der Hand gefallen. Claudia, deren warme, braune Augen in bald vierzig Dienstjahren im Krankenhaus schon viel gesehen, unzählige Schicksale miterlebt und begleitet hatte, sprach kein Wort, sondern stand auf, ging zu Moretti hinüber, der um 10 Zentimeter geschrumpft zu sein schien, berührte sanft seine Schulter, Moretti drehte sich zu ihr, und sie schlang ihre Arme um ihn – die zierliche Schwester und der große Commissario.

Moretti schluchzte.

Claudia streichelte fest seinen Rücken.

„Tot. Sie ist tot!" Moretti weinte. Ihm liefen die Tränen, sie verfingen sich in seinen Barthaaren und benetzten seine Wangen. Sein Körper zuckte. „Ich habe sie so sehr geliebt. Wir haben sie so sehr geliebt. Noch heute glaube ich manchmal, ihren Kopf auf meiner Brust zu spüren: wie sie auf mir gelegen und geschlafen und ihr goldenes Haar in meiner Nase gekitzelt hat. Oh Gott!"

Barillo blickte erschüttert zu Boden. Seine Augen waren feucht. Er schluckte kräftig.

„Meine Frau ist durch Lauras Verschwinden zerbrochen", flüsterte Moretti mit tränenerstickter Stimme.

„Alles ist kaputt!"

Claudia hielt Moretti fest an sich gedrückt. Wie viele Minuten vergingen – Barillo wusste es nicht, er schaute nicht auf die Uhr; er wagte es nicht, sich zu rühren. Des Lebens fortlaufender Film schien angehalten, das Bild eingefroren –

Und plötzlich stand sie in der Tür – wie ein Gespenst, in dem wehenden weißen Krankenhaus-Hemd. Barillo blinzelte zweimal, schärfte seinen Blick und das vermeintliche Gespenst entpuppte sich als Patientin: als eine kleine, dunkelhaarige Frau mittleren Alters, deren Gesicht und Körper, soweit Barillo sehen konnte, von Blutergüssen bedeckt waren. Sie blickte sich gehetzt im Zimmer um: „Der Dottore?", fragte sie unsicher, von ihrem ungestümen Eindringen selbst eingeschüchtert. Claudia, die Moretti nicht losgelassen hatte, drehte sich zu der Eingedrungenen um, schüttelte mit dem Kopf und sagte: „Nicht hier –",

aber noch bevor Claudia weiterreden konnte, stürmte bereits eine Krankenschwester mit klappernden Schuhen herbei und zog die Patientin am Ärmel aus dem Zimmer; nicht grob, aber nachdrücklich. Die Patientin ließ sich willfährig hinausbugsieren, während sie aber einen flehentlichen Blick in die Dreierrunde warf, die Moretti, Barillo und Claudia bildeten.

Moretti, der aus seiner Starre, in die ihn sein

Gefühlsausbruch geführt hatte, erwacht war, befreite sich aus Claudias Umarmung und strich umständlich seinen Anzug glatt. Peinlich berührt war er – auch wenn er sich nach seiner Beichte zwar nicht reingewaschen, aber doch erleichtert fühlte.

Es war raus. Es war in der Welt.

Er hatte den Tod gleichsam ins Leben geholt.

Schweigend setze sich Moretti; auch Claudia nahm wieder Platz und Barillo lockerte seine verkrampften Finger, die die Kaffeetasse endlich hatten loslassen können.

Moretti räusperte sich und sprach als erster: „Wer war denn das?" Seiner kriminalistischen Erfahrung und Aufmerksamkeit war nicht entgangen, dass die Frau übel zugerichtet worden war – Moretti mutmaßte, dass der Frau Körperverletzungen beigebracht worden waren, die Vielzahl und Anordnung der Blutergüsse war jedenfalls typisch für Schläge und Tritte. Auch wenn ein Treppensturz ganz ähnliche Verletzungen erzeugen konnte – ein solcher ging meist einher mit Brüchen und die Knochen der Frau schienen unversehrt gewesen zu sein.

„Gestern Abend wurde sie von der Ambulanz eingeliefert. Soweit ich weiß, haben ihre Kinder den Notarzt gerufen. Sie ist wohl Opfer eines Überfalls geworden."

Moretti strich sich mit der Barillo schon vertraut gewordenen Geste seine Haare nach hinten, zog seine Stirn in Falten und fragte skeptisch: „Wurde die Questura informiert?" Im Protokollbuch der Questura, in dem alle Vorkommnisse akribisch erfasst wurden, hatte er keinen Eintrag eine Körperverletzung betreffend gesehen.

„Das weiß ich nicht", antwortete Claudia.

Auch um seine immer noch in Aufruhr befindlichen Gefühle zu betäuben, war es Moretti sehr recht, etwas zu tun zu bekommen: „Barillo – den Fall können wir ja gleich mal übernehmen. Kommen Sie!"

An Claudia gewandt bedankte sich Moretti für den Kaffee, ergriff ihre Hand mit seinen beiden Händen und drückte sie: „Und auch sonst danke!"

Claudia, die den großgewachsenen, nach außen reserviert wirkenden Commissario schon in ihr Herz geschlossen hatte, erwiderte die Verabschiedung herzlich: „Kommen Sie doch auf einen Kaffee herein, wann immer Sie in der Nähe sind!"

Moretti nickte – und trat mit großen Schritten auf den Krankenhausflur; Barillo winkte zum Abschied und trotte Moretti hinterher.

Schon lange waren die Stimmen der beiden Polizisten verklungen, der Kaffee kalt geworden und der Nachhall Morettis Schluchzen vergangen – Claudias Gedanken aber ruhten weiterhin bei dem Commissario. Seine Verbitterung, die sie beim Eintreten gespürt hatte, konnte sie nun nachfühlen – ein Wunder war es gar, dass dieser Mann so stark war und so viel Selbstbeherrschung besaß. Er hatte einfach weitergemacht – sich weder Zeit zum Trauen genommen, noch den Verlust überhaupt akzeptiert.

Vielleicht bis heute.

Ob es für ihn nun besser werden würde, das vermochte Claudia nicht vorherzusagen. Sie wünschte es ihm; und würde für ihn beten.

Unterdessen hatten Moretti und Barillo die diensthabende Schwester ausfindig gemacht, die ihnen nur widerwillig Auskünfte über die Patientin gab, nach der sie sich erkundigten. Sie hatte anderes zu tun, als Fragen zu beantworten und war einsilbig. Barillo notierte, dass die 40-jährige Eisverkäuferin Maria Donzi am gestrigen Abend um 23.30 Uhr in das *Ospedale* eingeliefert worden war. Ohnmächtig sei sie gewesen und blutüberströmt, etliche Platzwunden und eine Vielzahl von Prellungen habe ihr Körper aufgewiesen, zwei Rippen seien zudem gebrochen, wusste die Schwester zu berichten.

„Ihre zwei kleinen Kinder haben den Notarzt gerufen und sie auch ins Krankenhaus begleitet", schloss die Schwester.

„Und wie geht es ihr? Sie scheint ja schon wieder recht munter zu sein?" Unwirsch war Morettis Frage – die abrupte Störung vorhin nahm er der Patientin unwillentlich übel.

Die Schwester, im Krankenhausalltag abgestumpft – von zu viel Arbeit, geringer Wertschätzung und schlechter Bezahlung –, nahm den unangemessenen Unterton in Morettis Frage gar nicht wahr: „Allzu schwer sind ihre Verletzungen wirklich nicht. In ein paar Tagen wird es ihr wieder gut gehen. Nach der Visite wird sie wohl auch entlassen werden."

„Wir müssen mit ihr sprechen. In welchem Zimmer

liegt sie?"

„412, den Flur runter, rechts um die Ecke und dann ist es die erste Tür auf der linken Seite."

Moretti bedankte sich und er und Barillo standen kurz darauf vor dem Bett von Maria Donzi, die beim Eintreten der beiden Männer merklich zusammengezuckt war – ihre Angst aber fiel schnell ab, als sie die Uniform Barillos bemerkte, nur um kurz darauf wieder aufzuflammen.

„Maria Donzi?", fragte Barillo, der Moretti mit den Augen bedeutet hatte, dass er die Vernehmung durchführen wollte. Moretti war dies ganz recht und er hatte genickt.

„*Si*"

„Wie geht es Ihnen?"

„Was wollen Sie von mir?"

Barillo, dessen erster Eindruck schon viele getäuscht hatte, war zwar ein gemütlicher und gutmütiger Mann, aber auch ein Polizist mit jahrzehntelanger Erfahrung, der tausendfach Vernehmungen durchgeführt hatte. Barillo erkannte in Maria den Typ einer Frau, die sich eine äußerliche Härte antrainieren und immer hatte kämpfen müssen, um durchzukommen. Er musste dagegenhalten – nicht mittels eines Angriffs, aber auch nicht mit Milde. Barillo entschloss sich, zu schweigen. Er blickte Maria geradewegs an, sagte jedoch kein Wort.

„Was wollen Sie von mir?", blaffte Maria erneut. „Ich habe nichts getan!"

In aller Seelenruhe zog Barillo sein Notizbuch

hervor und begann, in ihm zu lesen.

Ungemütlich rutsche Maria in ihrem Bett herum. Sie biss ihre Kiefer fest aufeinander. Barillo trat einen Schritt näher an ihr Bett heran und blickte auf sie hinab.

„Mir geht es gut. Wieso behalten Sie mich hier? Ich will zu meinen Kindern nach Hause!"

„Und in Ihr Eiscafé?" Aus Barillos Mund schoss die Frage heraus, Maria erschrak sichtbar. „Was ist in der Calle de Veste passiert", Barillo ließ ein, zwei Sekunden verstreichen, ehe er fortfuhr, „in dem Lederwarengeschäft gegenüber Ihres Eiscafés?"

Auch Moretti hatte den Zusammenhang hergestellt: Die Frau war die Inhaberin des Eiscafés, dass am Morgen, als sie die anderen Ladeninhaber befragt hatten, nicht regulär geöffnet worden war – jetzt wussten sie warum. Würden sie auch gleich erfahren, wer Angelo getötet hatte? Die Gleichen, die Maria so zugerichtet hatten? Oder konnte es möglich sein, dass Maria selbst eine der Täterinnen war? Hatte es einen Kampf gegeben?

„Ich habe doch nichts getan!"

„Das sagt ja auch niemand, liebe *Signora* Donzi." Barillo klappte sein Notizbuch zu, zog sich einen der herumstehenden Stühle heran, setzte sich und beugte sich zu Maria herüber. „Wir versuchen, den Fall aufzuklären und Sie können uns dabei helfen. Und je schneller wir sind, umso schneller sind sie auch wieder bei Ihren Kindern."

Wieder bewunderte Moretti Barillos Verhörgeschick: im richtigen Moment hatte er sein

Verhalten geändert, nach der Überrumpelung lockerte er jetzt die Zunge der Zeugin (oder Täterin, vermerkte Moretti in Gedanken) und nutze ihre Schwäche aus.

Noch zögerte Maria, Barillo setzte nach: „Wer hat sie so zugerichtet?"

„Ich habe die Tasche gesehen und sie mitgenommen. Ich habe gar nicht weiter nachgedacht. Ich weiß auch nicht, wieso ich das gemacht habe. Ich habe noch nie etwas gestohlen, wirklich noch nie!" Maria blinzelte mit den Augen, Tränen hielt sie zurück. Sie rang um Fassung.

Aufrichtig. Davon war Barillo überzeugt. Was er hier zu hören bekam, war die Wahrheit.

„Und dann?"

„Schon auf dem Weg nach Hause wollte ich die Tasche einfach abstellen und ohne sie weitergehen. Es fühlte sich an, als würden die Griffe der Tasche meine Hände verbrennen. Aber ich habe sie festgehalten, bin einfach weitergegangen."

Barillo hörte schweigend zu. Moretti stand im Hintergrund und rätselte, um was für eine Tasche es sich handelte.

„Und dann, nachdem ich von der Telefonzelle aus angerufen habe, sind sie gekommen." Maria sank noch tiefer in ihr Bett, kauerte sich hinein, als wolle sie sich verstecken.

„Wer hat Ihnen das angetan, Maria?"

„Ich weiß es nicht. Sie waren groß und zu dritt. Gerade, als ich die Tür schließen wollte, haben sie sie aufgedrückt. Sie haben nach der Tasche gefragt, ich habe sie ihnen natürlich direkt gegeben. Aber dann haben sie angefangen, mich zu schlagen. Und danach weiß ich nichts mehr."

„Was für eine Tasche war das?"

„Mit Geld drinnen. Viel Geld. Bündelweise Scheine. Und Plastikkarten."

„Und die haben sie woher?"

„Na aus dem Laden."

„Aus dem Lederwarengeschäft von Angelo Fratelli?"

Maria nickte.

„Was haben Sie dort gemacht?"

„Deren Eingangstür stand am Abend offen und ich wollte nachschauen, ob alles in Ordnung."

„Und – es war nicht alles in Ordnung, nicht wahr?"

„Ja", Maria schloss die Augen. „Er war tot."

Moretti massierte nachdenklich seinen Kopf. Mehr Fragen als Antworten hatte die Vernehmung Marias gebracht. Es blieb ihm aber keine Zeit, in Ruhe nachzudenken: Dottore Schipelli hatte Barillo und ihn informiert, dass er die zweite Obduktion abgeschlossen hatte und sie in seinem Büro erwarte.

„Wie ich höre, haben Sie mit einer unserer Patientinnen gesprochen?", eröffnete der Doktor, hinter seinem Schreibtisch sitzend, das Gespräch, nachdem Moretti und Barillo eingetreten waren.

Moretti stutzte. „Und?", fragte er langgezogen.

„Ich glaube nicht, dass es der Patientin dafür bereits gut genug geht."

„Es ging ihr gut genug", antwortete Moretti scharf,

„wie auch das Ergebnis unserer Vernehmung zeigt."

„So lange Patienten in meinem Krankenhaus sind, beurteile nur ich ihren Gesundheitszustand."

„Was für ein eingebildeter Fatzke", stellte Moretti in Gedanken fest, „zu viele Krimis scheint er geguckt zu haben", und klärte den Doktor auf: „Urteilen können sie über den Gesundheitszustand – aber allein wir entscheiden, ob wir jemanden vernehmen oder nicht. Ihnen steht weder eine Mitbestimmung, noch ein Veto zu. Und stören Sie unsere Ermittlungen, könnte dies den Tatbestand der Behinderung der Justiz erfüllen."

Schipelli mutmaßte, dass der Commissario Recht hatte. Auch wenn der alte Commissario immer seinem Rat gefolgt war bedeutete dies noch lange nicht, dass der Neue das auch tat und so fügte er sich – auch wenn ihm das Wohl seiner Patienten am Herzen lag und er auf sie so gut es ging Acht gab.

Barillo versuchte, zu beschwichtigen: „Natürlich achten wir die Gesundheit Ihrer Patientin. Aber manchmal ist Gefahr im Verzug und wir müssen schnell handeln. Ihrer Patientin geht es außerdem tatsächlich ja gar nicht so schlecht."

„Die Ergebnisse sind eindeutig", übergangslos berichtete Schipelli von der Obduktion: „Im aufgefundenen Körper befand sich kein Wasser in der Lunge – er ertrank folglich nicht, wie der Fundort im Kanal Rio della Verona zuerst vermuten ließ. Der Tote starb an einem Stich ins Herz. Die Ränder der Wunde sind glatt, der Schnitt im Herzmuskel ebenso. Tatwaffe war ein langer, spitzer und sehr scharfer Gegenstand – ich tippe auf ein Messer. Alles Weitere werden Sie meinem Bericht entnehmen können, den ich Ihnen in den nächsten Tagen in die Questura senden werde." Schipelli stand auf, streckte seinen Arm mit nach oben zeigender Handfläche aus und bedeutete damit den beiden Polizisten, dass das Gespräch beendet war.

Das spitzbübische Zwinkern, das Schipelli Barillo zuwarf, sah Moretti nicht und stürmte, über den Rausschmiss wutentbrannt, aus dem Büro des Doktors.

Vor dem Krankenhaus telefonierte Barillo mit der Questura und informierte Moretti über die neuesten Erkenntnisse: „Die Identifizierung des Toten hatten bereits die Kollegen der Wasserschutzpolizei vorgenommen: Der Tote trug Schlüssel des Hostels im *Sestiere* San Marco bei sich, er arbeitete dort als Portier und hatte gestern Nacht-Dienst. Sergente Mori hat den Inhaber des Hostels, *Sign*ore Baldini, schon vernommen. Dieser konnte nichts weiter sagen außer, dass der Tote wohl während seines Dienstes das Hostel verlassen haben muss. Die Frühschicht jedenfalls traf den Portier, wie sonst üblich, nicht mehr an. Ansonsten wusste dort bisher niemand, etwas Besonderes zu berichten", schloss Barillo.

Tim Che

14

Antonia brachte die Aufregung, die im Hostel herrschte, in keinen Zusammenhang mit sich selbst. Hätte sie gewusst, dass sie nur knapp nicht derjenige war, der in der letzten Nacht getötet und in den Kanal geworfen worden war, dann hätte sich jedoch nicht viel geändert – Antonia war wild entschlossen. Nach ihrer Rückkehr in den frühen Morgenstunden war sie in einen unruhigen Schlaf gefallen und erst jetzt, am späten Nachmittag, wiedererwacht. Zur Mittagszeit hatte sie erhitztes Stimmengewirr auf dem Flur vernommen – da es aber offensichtlich nicht ihr gegolten hatte, war sie wieder eingenickt.

„Die Kasse und die Geräte sind weg", dachte sie und taste mit ihrer Hand unter dem Bett nach der Laptop-Tasche, „und der Computer ist sicher."

Sie grübelte ob sie vergessen hatte, andere verräterische Spuren zu tilgen. „Der Tresor war auf jeden Fall leer", sagte sie zu sich selbst – und verdrängte dabei schnell das grausame Bild, das sich in ihr Gedächtnis gebrannt hatte. Wo das Geld und die Karten waren, das wusste sie nicht. Im Laden hatte sie nichts davon gesehen. Zwar ärgerte sie sich, in der letzten Nacht nicht auch die Wohnung inspiziert zu haben, aber da die Polizei bereits dort gewesen war und Angelo ganz gewiss nichts in der Wohnung aufbewahrt hatte, erschien ihr es nicht wert, das Risiko einzugehen und sich länger als nötig dort aufzuhalten.

„Hat die Polizei das Geld gefunden?", fragte sie

sich. „Das verfluchte Geld können sie ruhig haben!",
dachte sie, „aber nicht die Karten! Wäre ich bloß nicht
so kopflos weggerannt, als ich Stunden zuvor Angelo
fand – ich muss jetzt klug und stark sein." Sie
betrachtete ihren Ring und drehte ihn um ihren Finger:
„Für uns beide!"

Schon als sie aus ihrer Zimmertür trat merkte sie, dass
etwas anders war. Alle Lichter auf dem zuvor nur
spärlich erleuchteten Flur waren eingeschaltet und der
Sperrmüll vor der Notausgangstür weggeräumt. Auf
dem Treppenabsatz hielt sie inne – das
Stimmengewirr, welches aus der Lobby zu ihr drang,
machte sie nervös. Sie wollte möglichst niemandem
begegnen, zumindest keinem auffallen. Vorsichtig
schlich sie die Stufen hinab und lugte um die Ecke: Vor
und hinter der Rezeption tummelten sich viele
Menschen. Aber nicht das erschreckte sie bis ins Mark,
sondern die blaue Uniform.

„*Polizia!*" Sie hielt die Luft an und zog ihren Kopf
hektisch hinter den Treppenvorsprung zurück.

„Hat mich jemand bemerkt?", fragte sie sich
ängstlich. Nichts deutete darauf hin – kein Ruf erscholl,
kein Poltern erklang. Aber von oben näherten sich
Schritte.

„Hier kann ich nicht bleiben", dachte sie. „Wer
auch immer von oben kommt – er wird mich
entdecken!" Antonia fiel nichts Besseres ein, als an
ihren Schuhen herumzunesteln und zu hoffen, dass
derjenige, der sich Treppenstufe für Treppenstufe
näherte, einfach an ihr vorbeiging. Sie wäre vielleicht

damit durchgekommen, wäre es nicht *Signore* Baldini gewesen, der die Treppe herunterkam. Er fluchte laut vor sich hin. Antonia verstand nicht die Worte, die er ausstieß, wohl aber bemerkte sie die Wut, die in seiner Stimme lag. Dass sie aber auch zuckersüß sein konnte, erlebte sie nur Augenblicke später, als Baldini die auf dem Boden kauernde Antonia bemerkte:

„*Buon Giorno*", grüßte er. „Kann ich Ihnen helfen, *Signorina*?"

„*Grazie*", stammelte Antonia, „mein Schuh hat sich geöffnet. Es geht schon wieder."

Baldini streckte seine feiste Hand aus – nur widerwillig ergriff Antonia sie und stand auf.

„Sind sie unser Gast?", fragte Baldini.

Antonia nickte.

„Wurden Sie schon vernommen?"

Antonia schüttelte ihren Kopf.

Sie schwieg.

Sie wagte nicht zu fragen, wieso sie vernommen werden sollte.

Baldini lieferte die Erklärung: „Meine Liebe, erschrecken sie nicht. Leider gab es in unserem Hostel einen schrecklichen Zwischenfall." Baldini hielt kurz inne und presste seine wulstigen Lippen aufeinander und zog seine Mundwinkel traurig herunter. „Unser Nacht-Portier ist zu Tode gekommen. Leider, leider, der Arme, Arme." Dass Baldini sich nicht so sehr um das bedauernswerte Schicksal seines Mitarbeiters als um das Wohlergehen seines Hostels sorgte, war offensichtlich; das interessierte Antonia jedoch nicht – ihre Gedanken eilten voraus:

„Muss das ausgerechnet hier und heute passieren?!" Antonia stöhnte innerlich – und fand sich Sekunden später, von Baldini geleitet, in der Lobby des Hostels, dem Polizisten Auge in Auge gegenüber, wieder.

Baldini stellte sie vor: „Lieber Sergente, das ist einer unserer geschätzten Gäste, *Signorina* –", Baldini hielt inne und blickte Antonia auffordern an; sie reagierte geistesgegenwärtig:

„Picotti. Silvia Picotti." Diesen Namen hatte sie gestern beim Einchecken angegeben und sich um das Nachkommen der Aufforderung, ihren Ausweis vorzuzeigen, mit der Ausrede, dass dieser in der Tasche ihrer Freundin sei, die erst mit dem nächsten Zug aus Rom nachkäme, gedrückt. „Komme ich mit der Geschichte weiter durch?" Falten bildeten sich auf ihrer Stirn – die der Polizist nicht bemerkte. Er verneigte sich beflissen und reichte Antonia die Hand:

„Sergente Alfredo Mori, zu Ihren Diensten *Signorina* Picotti."

Antonia schüttelte die gereichte Hand.

„Leider habe ich die unangenehme Aufgabe, alle Gäste des Hotels vernehmen zu müssen und darf Sie deshalb einmal hier herüberbitten!" Sergente Alfredo Mori zeigte auf ein kleines Separee – und korrigierte sich stotternd: „Natürlich ist es nicht unangenehm, Sie, liebe Frau Picotti, zu befragen."

„Wollen Sie mir etwa meinen Gast entführen?", schaltete Baldini sich ein, drängte sich zwischen Antonia und den Sergente und zog sie am Arm besitzergreifend gegen seinen teigigen Körper. Ob es der beträchtlichen Erscheinung des Hoteliers oder der Verzagtheit des Sergente geschuldet war, wusste Antonia nicht, die sich wie eine Marionette herumgereicht fühlte.

Sie hasste es – und hätte sich zu wehren gewusst, wenn sie es gewollt hätte.

Sie wollte nicht – und war froh über den Balzkampf, den die beiden Männer um sie führten.

„Sie kommen mit in mein Büro und trinken erst mal was auf den Schreck!", sagte Baldini bestimmt und leitete Antonia auf eine Tür hinter der Rezeption zu. Gleichzeitig wandte er sich an den Sergente: „Ich sag Ihnen, wenn sie was gesehen hat. Sie können ja die anderen", Baldini ließ seine Hand durch die Lobby schweifen, in der einige Gäste aufgeregt tuschelten, „ausgiebig vernehmen."

Zwar jubelte Antonia innerlich nicht, erleichtert aber war sie: „Lieber ein *Tete-á-Tete* mit ihm im Hinterzimmer, als eine Vernehmung und vielleicht Festnahme!" – sie schauderte.

„Ist Ihnen kalt?", fragte Baldini und legte seinen Arm plump um sie.

Antonia drehte ihren Kopf zu ihm, strich sich kokett die Haare aus dem Gesicht, lächelte ihm zu und erwiderte: „Einen Drink kann ich jetzt vertragen. Gut, dass sie mich gerettet haben."

Mehrmals dachte sie, dass schwülstige Gesäusel und aufdringliche Tätscheln des Hoteliers nicht länger ertragen zu können. Sie malte sich aus, wie sie den Schürhaken, der vor dem Kaminofen baumelte, griff, ausholte und Baldini über den Schädel zog.

„Verlockend!" Sie schmunzelte. Auch wenn sie Gewalt ablehnte glaubte sie doch, dass sie manchmal notwendig sei. „Hat nicht auch die Geschichte uns das gelehrt?", fragte sie sich. „Haben nicht erst gewalttätige Revolutionen Veränderungen zum Besseren gebracht?"

Unterbrochen wurde ihr Gedankengang von Sergente Alfredo Mori, der, nachdem er zaghaft angeklopft hatte und von Baldinis *Pronto* aufgefordert worden war, einzutreten, eintrat. Baldini hatte seine Hand demonstrativ auf Antonias Oberschenkel gelegt und herrschte den Sergente unwirsch an:

„Ja, was gibt's, Alfredo?"

Unwohl zog Alfredo an seinem Hemdkragen. „Ich bin fertig, *Signore* Baldini. Ich habe alle Mitarbeiter und Gäste vernommen. Zwei Zimmermädchen und die zwei Gäste, die heute Morgen abgereist sind, fehlen mir aber noch." Eigentlich drei Gäste, dachte Alfredo: „Die junge Frau Picotti hier habe ich auch noch nicht gefragt, ob ihr in der letzten Nacht irgendetwas aufgefallen ist, ob sie Hinweise zum Tod des Nacht-Portiers geben kann."

Nachdem Baldini dem Sergente die Adressen der beiden Zimmermädchen und die Daten der abgereisten Gäste herausgesucht hatte, verabschiedete sich Sergente Mori. Er vermied es, Antonia anzugucken und winkte nur zum Abschied. Er wusste, dass er bei ihr keine glückliche Figur abgegeben hatte und war froh, das Hostel hinter sich lassen zu können. Er hatte es sowie für

Zeitverschwendung gehalten, hier alle zu befragen. Der tote Nacht-Portier war schließlich weit entfernt gefunden worden und nichts deutete daraufhin, dass sein Tod irgendetwas mit dem Hostel zu tun hatte. Aber Barillo hatte darauf bestanden.

„Pah!", Alfredo wusste genau, wieso Barillo plötzlich solch einen Eifer an den Tag legte: Er wollte sich beim neuen Commissario gut einführen. Schon mit dem alten war er in Alfredos Augen viel zu eng befreundet gewesen. Das schickte sich nicht. Das zeugte nicht von Professionalität – im Gegenteil. Er, Sergente Alfredo Mori, war da anders. Er rühmte sich, alles ganz genau zu machen, stets korrekt zu handeln.

Hätte er das getan, hätte er korrekt gehandelt, und auch Silvia Picotti befragt, vielleicht ihre Legende überprüft und sie enttarnt, hätte er keine Tapferkeitsmedaille bekommen.

So aber spazierte Antonia nur Minuten, nachdem Sergente Mori zurück in die Questura getrabt war, aus Baldinis Büro (abserviert hatte sie ihn mit einem knappen *Ciao*), verließ das Hostel und suchte nach einer Telefonzelle, um den Anruf zu tätigen, der die Mörder ihres geliebten Angelos zur Rechenschaft ziehen sollte. Dass ihre Rache anders ausfallen würde, als sie sich vorstellte, konnte sie nicht ahnen.

Mit zitternden Fingern wählte sie die Nummer, die sie damals für den Notfall hatte auswendig lernen müssen. Es war eine schweizerische Handynummer. Sie wusste, wer sich am anderen Ende der Leitung melden würde: Angelos Mörder; die sich vielleicht noch in Venedig befanden. Sie horchte mit angehaltenem Atem, als könnte sie aus einem der umliegenden Fenster das Klingeln des Handys, das sie anrief, hören. Es knackte mehrmals in der Leitung. Antonia wusste, dass Anruf umgeleitet wurde, so dass der Standort desjenigen, der sich gleich melden würde, nicht leicht ermittelt werden konnte. Ohnehin würde diese Nummer nach dem Gespräch deaktiviert und zusammen mit dem Handy weggeworfen werden. Antonia überlegte, wie viele Handys und Nummern allein Angelo und sie in den letzten Monaten benutzt hatten – jede Woche mindestens ein neues. Abrupt verstummte das Tuten, der Anruf war angenommen worden. Niemand aber meldete sich. Diese Sicherheitsvorkehrung kannte Antonia: So würde keine Stimme aufgezeichnet werden können, falls die Nummer in falsche Hände gefallen wäre.

„Ich bin's", sagte Antonia.

Das Schweigen am anderen Ende der Leitung dauerte an. Sie glaubte zu hören, wie das Telefon weitergereicht und das Mikrofon zugedeckt wurde. Lebhaft konnte sie sich die aufgeregte Szene vorstellen, die ihr überraschender Anruf auslöste.

„Kannst Du sprechen?"

„Ja", antwortete Antonia, die die Stimme des Sprechers nicht erkannt hatte.

„Wo bist Du?"

„In Venedig."

„Von wo aus rufst Du an?"

„Aus einer Telefonzelle." Antonia bemühte sich,

ihre Wut im Zaum zu halten.

„Wieso rufst Du an?"

„Wegen Angelo."

„Was ist mit Angelo?"

Antonia hielt inne und ihre Gedanken rasten: „Kann es sein, dass sie mit Angelos Tod gar nichts zu tun haben?" Sie schüttelte den Kopf. „Nein. Sie waren es! Wer sonst?"

„Er ist tot!", antwortete sie.

Ihr Gesprächspartner schwieg.

Sie jubilierte nicht – aber das Schweigen war ihr Antwort genug, gab ihr Sicherheit: „Sie waren es, sie haben Angelo umgebracht!", dachte sie.

„Er wurde getötet", ergänzte sie und durchbrach die Stille.

Ihr Gesprächspartner schien sich gefangen zu haben und antwortete: „Was ist passiert?"

„Ich weiß es nicht."

„Hast Du die Geräte?" Schwang Erleichterung in der Stimme des ihr nach wie vor unbekannten Sprechers mit? Erleichterung darüber, dass sie vorgeblich nicht wusste, was passiert war – nämlich, dass sie, die Schweine, ihren Angelo umgebracht hatten.

„Ja." Es war dieses Wort, das die Falle stellte; in die der Angerufene prompt hineintappte:

„Wir müssen uns treffen!"

„Ja!"

„Ruf morgen wieder an! Bleib´ in der Stadt!", wies der Sprecher Antonia an.

Sie bestätigte und legte auf.

Sie lehnte sich gegen die Plastikhaube, die die Telefonzelle umgab, atmete kräftig aus und zündete sich eine Zigarette an, die sie hastig inhalierte.

Dass sie nicht nach dem Geld und den Karten gefragt hatten, war ein weiteres Indiz dafür, dass sie nicht nur ganz genau wussten, was geschehen war, sondern die Tat ausgeführt und das Geld und die Karten mitgenommen hatten. Wieso sie die Kasse, die Geräte und den Laptop nicht ebenso eingesteckt hatten, konnte sie nicht beantworten.

Dieses Versäumnis aber war ihr Glück, jetzt mussten sie sich mit ihr treffen!

Und dieses Treffen würde anders ausgehen, als sie sich ausmalten. Sie würde vorbereitet sein!

Sie strich ihr Kleid glatt, trat die zu Boden geworfene Zigarette aus und eilte schnellen Schrittes davon.

Sie musste die Waffe besorgen; das Werkzeug ihrer Rache.

15

Es war später Abend, als sich hinter Alessandro Moretti zischend die Türen des Busses schlossen und er auf die Straße trat, deren staubiger Beton noch die Hitze des vergangenen Tages ausstrahlte. Er wischte sich mit dem Handrücken über die schweißbedeckte Stirn und richtete besorgt seinen Blick in die Höhe – zu den Fenstern im dritten Stock des gegenüberliegenden Mehrfamilienhauses.

Sie waren dunkel, die Vorhänge zugezogen.

Er wusste, was ihn erwartete. Seine Schultern sackten ein Stückchen weiter hinab; er zog sie hoch und überquerte die Straße.

Sie mussten reden.

Miteinander. Nicht länger gegeneinander.

Beim Aufschließen der Eingangstür fiel sein Blick auf eine kleine, welke Blume am Gehwegrand. Er bückte sich und riss sie, den Stängel zwischen die Fingerspitzen geklemmt, vorsichtig heraus und trug sie die Treppe hoch.

Der bläuliche Schimmer des Fernsehgeräts flackerte auf den kahlen Wänden. Kein Ton war zu hören.

Laura saß, in eine Decke eingewickelt, auf der Couch und starrte mit leeren Augen auf die Mattscheibe, schien durch sie hindurch zu gucken.

„Gespenstisch", dachte Moretti – und korrigierte sich: „Nein, traurig. So unendlich traurig."

Er ging auf Laura zu, setzte sich neben sie und legte zärtlich seinen Arm um ihre Schulter. Aus den Augenwinkeln sah er Lauras Handy in einer Falte der Decke liegen. Es blinkte. Neue Nachrichten waren eingegangen; sie waren ungelesen. Es waren seine Nachrichten, die er den Nachmittag über an sie geschrieben hatte.

Moretti küsste Laura auf die Wange. Sie blieb unbeweglich. Er reichte ihr die Blume mit dem hängenden Kopf:

„Ich liebe Dich!"

Langsam drehte sie sich zu ihm um und blickte ihn ausdruckslos an. Trüb schimmerten ihre Augen. Vielleicht von den Beruhigungsmedikamenten, die sie einnahm. Vielleicht von den Tränen, dessen Spuren er auf ihren rissigen Wangen erahnen konnte. Sie erwiderte nichts.

„*Cara!*" Alessandro Moretti nahm seine Frau in den Arm und drückte sie fest an sich.

Sie ließ es geschehen.

Moretti kniete sich vor Laura auf den Boden, die Blume ausgestreckt in der Hand haltend. Ihm schoss der Gedanke an den Heiratsantrag, den er ihr damals in ihrem Lieblingsrestaurant in Bari gemacht hatte, durch den Kopf. Erinnerte sie sich jetzt auch daran? Sie betrachtete die Blume. Ihre Augen wurden feucht. Sie nahm Alessandro die Blume aus der Hand und drehte sie zwischen ihren Fingern hin und her.

„*Anchio ti amo*, Alessandro!"

16

Als Silvio Frascati am nächsten Morgen das Gitter seiner Bar hochschob, fiel es ihm wieder ein. Er schlug sich mit seiner Hand auf die Stirn: „Antonia – wie konnte ich das vergessen?!" Noch bevor er seine geliebte Espresso-Maschine in Gang gesetzt hatte, wählte er die Telefonnummer der Questura.

„*Pronto*", meldete sich eine verschlafene Stimme.

„Hier Silvio Frascati aus der Calle Larga XXII Marzo. Gestern waren zwei Ihrer Kommissare bei mir und haben mich zu Angelo befragt."

Mit langgezogenem „Ja –", antwortete Alfredo Mori, der Polizist, der in dieser Nacht den Telefondienst der Questura versah, und fragte: „Und?"

„Mir ist da noch etwas Wichtiges eingefallen!" Frascati war stolz auf sich; stolz, dass er etwas zur Aufklärung des Mordes beitragen konnte und stolz, dass ihm das Vergessene wieder eingefallen war. Er wünschte sich, dass seine Erinnerung entsprechend gewürdigt wurde.

„*Signore* Frascati, es ist kurz nach 4:30 Uhr, der Kommissar ist noch nicht im Dienst."

„Ähm, ja", stotterte Silvio, der vor Enttäuschung die Mundwinkel nach unten zog. „Und jetzt?", fragte er vorsichtig.

„Sie können ja am Vormittag nochmal anrufen", schlug Sergente Mori, den der Anruf aus einem Nickerchen gerissen hatte, müde vor. „Oder ich notiere mal, was Ihnen eingefallen ist und lege dem Kommissar einen Zettel auf den Tisch." „Vielleicht handelt es sich ja um etwas Wichtiges", dachte Mori.

„Also die haben mich ja wegen des Ermordeten befragt –"

„Wegen welchem?", unterbrach Mori, plötzlich hellwach. Ihm steckte noch die unergiebige Befragung im Hostel in den Knochen.

„Ja wegen Angelo. Der doch in seinem Laden getötet wurde."

„Sie meinen das Lederwarengeschäft in der Calle de Veste?" Die beiden Morde waren in der Questura Gesprächsthema Nummer eins – Mori wusste auch über den Mord im Lederwarengeschäft alles, was es zu wissen gab; und noch viel mehr: die Spekulationen sprossen wie Unkraut aus dem Boden. In den beiden mit Abstand am häufigsten geäußerten Gerüchte handelte es sich bei den Morden entweder um einen Psychopathen, der wahllos aus Lust am Töten Menschen niedermetzelte oder bei dem einen um eine aus dem Ruder gelaufene Schutzgelderpressung und bei dem anderen könnte ein eifersüchtiger Ehemann den Liebhaber beseitigt haben.

Silvio bestätigte: „Ja, ja, genau den meine ich. Ich habe den beiden Kommissaren ja bei ihren Ermittlungen gestern geholfen." Er genoss die Aufmerksamkeit, die ihm erneut zuteilwurde.

Sergente Alfredo Mori hatte sich Stift und Papier gegriffen. Er war bereit, an diesem Morgen um 4:32 Uhr den Mordfall zu lösen, als Held gefeiert zu werden und träumte schon von seiner Beförderung: „Mindestens zum ersten Sergente, wenn nicht sogar zum Commissario!"

„Was ist Ihnen eingefallen?"

„Die Antonia, die Frau von Angelo, ist mir gestern ganz früh am Morgen, als ich auf dem Weg in meine Bar war, begegnet. Also richtig getroffen, habe ich sie ja nicht, aber als ich aus der Calle Caotorta kam, sah ich sie ein Stückchen entfernt die Fondamenta de Malvasia entlangeilen. Und plötzlich hat sie das große Bündel, das sie geschleppt hatte, einfach in den Kanal geworfen!"

Ehrgeizig schrieb Mori mit: „Aha, und dann?"

„Äh – und dann ist Antonia weitergegangen und ich habe meine Bar geöffnet."

Ernüchtert ließ Mori den Stift sinken. Nur ein weggeworfener Abfallsack? „Und sonst haben sie nichts Wichtiges bemerkt?"

Silvio Frascati, dem die Enttäuschung des Polizisten nicht entgangen war, bemühte sich, seine Beobachtung aufzuwerten: „Ja also die Antonia, die habe ich ja seitdem nicht mehr gesehen. Das alles ist doch wirklich merkwürdig, oder?"

„Hmm", brummte Sergente Mori, der nicht so recht weiterwusste und dessen Heldenträume zerplatzten. „Ich werde den Kommissar informieren, danke für Ihren Anruf!"

Missgelaunt kritzelte Mori mit dem Stift wirre Kreise auf das Papier. „Das Leben ist ungerecht", dachte er. Und wenn er nach der unergiebigen Störung schon keinen Schlaf mehr würde finden können, dann hätten andere das auch verdient. So griff er zum Telefonhörer und wählte die Nummer Barillos.

Verschlafen meldete sich Barillo – Mori grinste: „Sergente Barillo. Ich habe eine Meldung Ihren Mordfall Fratelli betreffend zu machen."

Wenige Minuten später tutete das Freizeichen laut in Barillos müden Ohren.

„Pronto?"

„Barillo von der Questura hier. Spreche ich mit Silvio Frascati?"

Silvio streckte seinen Rücken und salutierte innerlich: „Am Apparat Commissario!"

Barillo korrigierte Silvios Fehler nicht – manchmal erwies sich ein höherer Dienstgrad als hilfreich: „Sie erinnern sich an eine Beobachtung?"

„Ja Commissario! Mir ist eingefallen, dass gestern morgen Antonia, Angelos Frau, etwas in den Kanal geworfen hat."

„Konnten Sie erkennen, worum es sich handelte?"

„Es war groß und schwer. Beim Aufprall auf die Wasseroberfläche hat es ganz schön geplatscht. Es war in einen Sack oder so etwas Ähnlichem eingepackt."

„Die genaue Stelle kennen Sie?"

„Ja. Ich war ja nicht weit entfernt und bin grad' aus der Calle Caotorta gekommen und –"

Barillo unterbrach Frascatis Ausführungen: „Halten Sie sich zu unserer Verfügung. In Kürze werden meine Kollegen Sie aufsuchen und Sie werden ihnen die Stelle zeigen, an der der Gegenstand in den Kanal geworfen wurde."

„Äh, ja, natürlich", Silvio hielt kurz inne, er wollte

seinen Ruhm auskosten, von seiner Beobachtung profitieren: „Ich muss mich aber ja um meine Bar kümmern und kann sie nicht einfach schließen. Aber für meine Hilfe gibt es doch sicher eine Belohnung?!" Erwartungsvoll horchte Frascati auf die Antwort.

Barillo verabscheute Wichtigtuer. Dass er zudem ein Morgenmuffel war und vor dem ersten Kaffee unleidlich, konnte Frascati nicht wissen; Barillos Antwort aber klang noch lange in seinen Ohren: „Ich lasse Sie wegen Behinderung der Justiz festnehmen, wenn Sie mit meinen Kollegen nicht uneingeschränkt kooperieren und sich zu unserer Verfügung halten! Guten Tag noch!"

So stand kurze Zeit später ein eingeschüchterter Frascati am Rand des Kanals und sah zu, wie zwei Polizisten mit Köchern von ihrem Polizei-Boot aus den Grund des Kanals an der Stelle durchforsteten, an der Antonia am Morgen zuvor das Bündel hineingeworfen hatte.

Nicht nur ihre Bemühungen wurden belohnt, sondern auch Frascati, der genau beobachten konnte, wie die beiden Polizisten mit vereinten Kräften einen unförmigen Gegenstand an die Wasseroberfläche bugsierten, an Bord hievten und aus der Decke, mit der er umwickelt war, auspackten.

Frascati würde es später genießen, im Mittelpunkt des Interesses zu stehen und seinen Gästen zu berichten, dass die Polizisten ganz vorsichtig, mit argwöhnischen Blicken, die Decke aufgeschlagen hatten, unsicher, was sie erwartete, und dann verdutzt geguckt hatten, als eine schlammverschmierte Registrierkasse zum Vorschein gekommen war.

17

Die Schlagzeilen schrien.
Der Vize-Questore kochte.
Das Gewitter tobte.

Der Morgen des 23. August, Morettis drittem Arbeitstag, begann schlecht. Nicht nur für ihn – in der Questura herrschte dicke Luft, während der Regen unablässig gegen die dünnen Scheiben prasselte. Auf Venedigs Plätzen gingen die Touristen vor dem Unwetter in Deckung, in der Questura die Untergebenen vor dem Sturm.

Nur selten hatten die Polizisten ihren Vize-Questore so aufgeregt erlebt. Galt er gemeinhin als friedliebend – manche bezeichnet ihn gar als Duckmäuser –, waren seine Wutausbrüche sonst allenfalls Stürme im Glas. Nicht so aber heute.

Alle vermuteten, dass er von jemandem einen gehörigen Anschiss bekommen haben musste. Um wen es sich dabei handelte – darüber wurde auf den Fluren getuschelt. Manche wollten gehört haben, dass der Bürgermeister selbst, dessen Wiederwahl im nächsten Monat wacklig war, der um seinen Stuhl mit dem Kandidaten der *Lega Nord* kämpfen musste, Vize-Questore Rossi zur Schnecke gemacht hatte. Tatsächlich konnten die Schlagzeilen, die in großen Lettern auf der *Il Gazzetino* prangten, den Ausschlag bei der Wahl geben. Galt die Politik von Bürgermeister Mateo als gemäßigt, der ehemalige

Universitätsprofessor regierte mit kundiger Hand die Stadt, manche bezeichneten seine Amtsführung als langweilig – unaufgeregt entsprach der Wahrheit –, so hatte er sich in letzter Zeit Vorwürfen ausgesetzt gesehen, nicht hart genug durchzugreifen. Immer noch zerstörten die Wellen der Kreuzfahrtschiffe Venedigs Bausubstanz, immer noch florierte der Schwarzmarkthandel mit gefälschten Luxusgütern, immer noch verunstalteten gefütterte Tauben den Markusplatz, immer noch verpesteten die Chemiefirmen in Mestre die Lagune, immer noch wurden die Einheimischen ob horrender Preise für Wohnungen von internationalen Spekulanten vertrieben ... Mateos Kontrahent bei der Wahl versprach, all diese für Venezianer drängenden Probleme zu beseitigen. Spektakuläre Morde kamen Mateo wirklich nicht gelegen – auch, weil die Drogenkarriere seines eigenen Sohnes und die Milde, mit der er darauf reagiert hatte, bekannt war und größtenteils verachtet wurde.

Noch bevor Moretti seinen Regenmantel auf den altersschwachen Jackenständer gehangen hatte, steckte eine der Sekretärinnen der Questura ihren Kopf durch die halb offene Tür und klopfte, sich ankündigend, gegen den Türrahmen.

„Guten Morgen Commissario"

„*Buon Giorno Signorina*" Ihren Namen hätte er genannt, wenn er ihn wüsste. Er nahm sich vor, sich später eine Namensliste anzufertigen. Es war ihm unangenehm, ihren Namen vergessen zu haben.

„Der Vize-Questore erwartet Sie!"

„Jetzt gleich?"

„Ja, sofort, hat er gesagt."

„Ich komme. Vielen Dank."

„Nichts zu danken, Commissario." Die Sekretärin erhob zum Abschied ihre Hand und verschwand flugs; so schnell, wie sie gekommen war.

Moretti strich sich durch die Haare und zupfte mürrisch an seinem verrutschten Krawattenknoten. Jeden Morgen band er ihn penibel – heute aber war er viel zu spät aufgestanden, hatte sich sputen müssen, den Bus zu erwischen, und Sorgfalt beim Binden vermissen lassen.

Vertrieben wurde sein Missmut über den schiefen Knoten durch den Grund für sein Trödeln: Am Abend zuvor hatten Laura und er beieinander gelegen – und geschwiegen. Nicht wie sonst, nicht abweisend, vorwurfsvoll, schmerzgeschwängert, sondern sie hatten sich in den Armen gehalten, sich umarmt, und auch ohne Worte verstanden.

„Nicht alles wird gut werden – aber vielleicht kann es wieder besser werden?" Moretti hoffte es. Er, der Atheist, der den Glauben früher verspottet hatte, hatte angefangen, zu beten. Wurden seine Gebete erhört?

Barillo saß mit zusammengepressten Knien auf einem der beiden Stühle vor dem imposanten Jugendstil-Schreibtisch des Vize-Questore; der andere Stuhl war frei und Vize-Questore Rossi zeigte stumm auf ihn, Moretti auffordernd, sich zu setzen.

Rossi betrachtete die Schlagzeilen des *Il Gazzetino*,

die ausgebreitet vor ihm lag:

Tod in Venedig: Mörder in der Stadt! Polizei hilflos!

Er schüttelte seinen Kopf, schloss kurz die Augen und blickte darauf erst Barillo, dann Moretti an: „Was haben Sie mir da eingebrockt? Was haben Sie sich bloß dabei gedacht?", fragte Rossi und zeigte mit seinem Finger auf den Absatz, der auch Barillo und Moretti blass werden ließ:

Dass Venedigs Polizei Verbrechensverhinderung und -aufklärung nicht allzu ernst nimmt, ist ein Allgemeinplatz. Und bewiesen: Unsere Polizei hat in der Polizei-Studie im letzten Herbst in negativer Hinsicht für Furore gesorgt. Mit Abstand den letzten Platz nimmt sie in der Statistik, in der alle Polizei-Kommissariate des Landes miteinander verglichen werden, ein. Die Studie ergab auch, dass das Ausbildungsniveau der Venezianischen Polizisten miserabel, die Ausstattung unzureichend, die Moral schlecht und die Führung inkompetent ist.

Die Morde, die Venedig erschüttern, können mit Fug und Recht als Bankrott-Erklärung der Venezianischen Polizei gelten, die sich die Frage gefallen lassen muss, was sie überhaupt kann und den lieben langen Tag so macht.

Den einzigen Kommentar hierzu erteilte uns Commissario Alessandro Moretti: „Zu gegebener Zeit werde ich Auskünfte geben." Solche Verweigerungsaussagen können die eigene Unfähigkeit nicht ungeschehen machen - im

Gegenteil. Es ist an der Zeit, dass im Kommissariat Köpfe rollen, dass endlich fähige und motivierte Polizisten für unsere Sicherheit sorgen. Schließlich werden sie dafür von uns bezahlt!

Weiter konnte unsere Zeitung erfahren, dass die Ermittlungen die beiden Morde betreffend kaum vorangehen, die Polizei tappt nach wie vor im Dunklen. Nunmehr soll auch eine weitere Person zu Schaden gekommen sein. Es soll dabei, so unsere Quelle, einen Zusammenhang zu einem der Morde geben.

Nicht nur aber, dass unsere Polizei versagt - sie bedient sich zweifelhafter Methoden. Eine Geschädigte wurde von der Polizei massiv drangsaliert. Eine Beschwerde ist anhängig. Das Kommissariat rechtfertigte die fast an Körperverletzung grenzende Vernehmung der Zeugin mit den Worten: „Wir bestimmen, wen wir wann und wie vernehmen!"

Der Artikel endete mit den an die Questura gerichteten Worten: *„Räumt Euren Saustall auf, arbeitet endlich und schützt uns vor Verbrechen!"*

Rossi schlug auf die Tischplatte und wandte sich an Moretti: „Was fällt Ihnen eigentlich ein, mit der Presse zu reden? Wissen Sie, was Sie da angerichtet haben?"

Moretti wollte zu einer Erwiderung ansetzen –

Rossi überging Moretti: „Sie waren es auch, der die Zeugin bedrängt hat, richtig? Nicht genug, dass die arme Frau zusammengeschlagen wurde, Sie müssen

ihren Zustand noch verschlimmern und ihr zusetzen!",
ereiferte sich Rossi.

Moretti versteifte sich. Er hatte Mühe, sich
zusammenzureißen.

„Aber das hat Ihnen immer noch nicht gereicht,
nicht wahr?", fuhr Rossi fort. Seine Stimme überschlug
sich. „Nichts scheinen Sie zu können – außer Schaden
anrichten! Wollten Sie mit der Indiskretion von Ihrer
eigenen Unfähigkeit ablenken?"

Moretti sprang auf.

Scharf befahl Rossi: „Sie bleiben sitzen bis ich mit
Ihnen fertig bin!"

Moretti öffnete den Mund, sagte jedoch nichts und
setzte sich langsam wieder. Sein Körper war zum
Zerreißen gespannt.

„Ich habe mit Dottore Turchetti vom *Il Gazzetino*
gesprochen. Sie brauchen nicht zu leugnen. Ich weiß
alles! Mich führen Sie nicht hinters Licht!"

Plötzlich fiel Rossi wie ein Ballon, aus dem die Luft
entwichen war, in sich zusammen.

Mauro Barillo tat der Vize Questore leid. Wenn er auch
über die Heftigkeit Rossis Rede überrascht war, so
kannte er den Vize-Questore lang genug um zu wissen,
dass Rossi weder ein ungerechter, noch ein übler Chef
war. Im Gegenteil!

Rossi versuchte, mit dem, was ihm zur Verfügung
stand, dass Beste zu machen. Er hatte für seine
Untergebene stets ein Offenes Ohr, unterstützte und
verteidigte sie und legte meist eine Professionalität an
den Tag, die dem Kommissariat gut zu Gesicht stand.

Dass die Questura trotzdem gemeinhin als unfähig galt, lag eher an politischen Intrigen. Selbst der beste Polizist musste scheitern, wenn Staatsanwälte Ermittlungen torpedierten oder untersagten, und wenn Politiker sich einmischten.

In der Folge hatten nicht wenige seiner Kollegen kapituliert, versahen ihren Dienst lustlos und deshalb nicht selten tatsächlich auch erfolglos.

Vize-Questore Rossi aber mühte sich immer wieder, Geld für dringend notwendige Technik, Ausbildungen und mehr Personal zu bekommen – seine Bemühungen missglückten leider oft.

All das konnte Moretti nicht wissen und hatte weder Verständnis noch Mitleid mit dem erschöpft wirkenden Rossi. Er blickte ihn wütend an und erwiderte harsch: „Vize-Questore Rossi, ich verbitte mir Beleidigungen und verwehre mich gegen Ihre Anschuldigungen. Sie erhalten eine schriftliche Stellungnahme meinerseits." Moretti stand auf und verließ ohne ein weiteres Wort und sich umzusehen das Büro des Vize-Questore.

Im Waschraum spritzte sich Moretti kaltes Wasser ins Gesicht und strich seine Haare bedächtig nach hinten. Er lehnte sich gegen die gekachelte Wand und atmete tief durch. Er war wütend – aber weder wirklich überrascht noch erbost. Wie das Wasser von seinem Gesicht perlte auch Rossis Kritik an ihm ab. In Bari waren Anpfiffe und Anschisse die Regel und nicht die Ausnahme gewesen. Besonders in seinen Polizeialltag als Mafiajäger hatten sich immer wieder Vorgesetzte, Anwälte, Richter, Politiker, Staatsanwälte,

Journalisten und viele andere eingemischt. Einige, weil sie es meinten besser zu wissen oder zu können, die meisten aber, weil er, Moretti, es zu gut wusste und konnte.

Moretti kannte seine Grenzen; er kannte aber auch seine Stärken. Er kannte sich.

Er konnte Fehler einräumen und Kritik annehmen. Nichts von dem aber, was ihm Rossi vorgeworfen hatte, traf zu.

„Na gut, bei der Eisverkäuferin Maria Donzi hätten wir auch feinfühliger vorgehen können. Aber Barillos Vernehmung war geschickt und einwandfrei", resümierte Moretti. Er, als Barillos Vorgesetzter, würde in jedem Fall die Verantwortung für ihr Vorgehen übernehmen. Dass er im Doktor keinen Freund gewonnen hatte – „was soll's", dachte er.

Kurz darauf aber merkte Moretti an den schiefen Blicken seiner Kollegen, dass sie anderer Meinung waren. Er konnte sich irren – aber das betretene Schweigen und die vorwurfsvollen Blicke bildete er sich nicht ein, als er über den Flur ging.

Barillo, in Morettis Büro eintretend, bestätigte Morettis Vermutung: „Commissario, es tut mir leid, dass der Chef Sie so angepflaumt hat. Er ist sonst nicht so. Er hat wegen der verfluchten Morde gehörig Ärger und ziemlich Druck bekommen. Er bittet Sie, nochmal zu ihm zu kommen."

„Ist er noch nicht fertig mit seinen Beleidigungen?", fragte Moretti eingeschnappt.

„Das Gegenteil ist der Fall, Commissario! Ich würde auch empfehlen, dass wir den verleumderischen

Zeitungsbericht mit unseren Kollegen erörtern", sagte Barillo diplomatisch.

Moretti angriffslustig: „Muss ich mich etwa rechtfertigen?"

„Iwo – aber der Bericht lässt Sie nicht grad gut aussehen –"

„Ist mir egal, wie andere mich sehen!"

„Commissario –"

Moretti winkte ab: „Schon gut. Sie haben ja recht."

Minuten später teilten Barillo und Moretti Rossi die bisherigen Ermittlungsergebnisse mit. Zerknautscht hatte Rossi zuvor Moretti die Hand zur Entschuldigung gereicht – Moretti hatte sie ergriffen und stumm geschüttelt.

„Die Auswertung des beim Toten im Lederwarengeschäft gefundenen Handys brachte auch merkwürdiges zu Tage", berichtete Barillo. „Das Handy selbst ist nicht registriert, also die SIM-Karte ist nicht registriert. Es wurden nur zwei Nummern von dem Handy aus angerufen und die eine der angerufenen Nummern hat ihrerseits sehr häufig auf dem untersuchten Telefon angerufen. Beide Nummern aber sind ebenfalls nicht registriert – und seit zwei Tagen ausgeschaltet", führte Barillo aus.

„Wie kann ein Handy funktionieren, wenn es nicht registriert ist? Irre ich mich, oder müssen nicht alle SIM-Karten freigeschaltet, also namentlich registriert, werden?", fragte Rossi.

„Das schon", antwortete Moretti, „aber es gibt genug zwielichtige Händler, die bereits freigeschaltete

Karten verkaufen; diese wurden zuvor auf Phantasienamen oder von Strohmännern registriert." Moretti fuhr fort: „Ein zweites Identifizierungskriterium ist die Gerätenummer, die IMEI des Handys. Leider wurden alle drei SIM-Karten in jeweils neuen Telefonen benutzt, also in Geräten, die bisher noch nicht mit anderen SIM-Karten verwendet wurden. Wo diese Handys gekauft wurden, lässt sich nicht so einfach ermitteln. Es handelt sich um ältere, einfache und billige Geräte."

„Wenigstens konnten wir von den Telekommunikations-Providern und Netzwerkbetreibern die Standortdaten bekommen: Das Telefon des Toten war seit seinem erstmaligen Einschalten vor vier Tagen nur in Venedig in das Netz eingebucht. Die Nummer, die einmal angerufen wurde und ihrerseits einmal, übrigens an dem Abend, an dem der Mord stattgefunden hat, angerufen hat, wurde vor einer knappen Woche das erste Mal benutzt. Und, das finde ich interessant", sagte Barillo, „die Nummer war viel unterwegs: In der Schweiz, in Frankreich und in Italien war das Telefon eingeschaltet. Ein genaues Bewegungsprofil haben wir noch nicht."

Moretti ergänzte, bemüht, ihre engagierten Ermittlungen hervorzuheben und die Scharte des bisherigen Misserfolges zu mindern: „Zentral in Rom wird die Auswertung vorgenommen. Die Kollegen haben aber so viel zu tun, dass sie uns Ergebnisse erst in den nächsten Tagen angekündigt haben. Wir sind aber dran und bestehen auf zügiger Datenauswertung!"

„Die andere Nummer ist die, die insgesamt 27-mal in vier Tagen bei dem Toten angerufen hat. Auch zu Zeitpunkten, als er schon tot war! Eingeloggt war sie in Venedig und Mailand, das wissen wir schon."

Rossi blickte fragend: „Was sagt uns das? Haben Sie einen Verdacht?"

„Ja", Moretti war begierig, seine Überlegungen mitzuteilen: „Dringend tatverdächtig ist Antonia Marx, die Partnerin des Getöteten. Wir haben vom Vermieter des Ladenlokals ihre vollständigen Daten erhalten können. Zwar hat nur der ermordete Angelo Fratelli das Gewerbe offiziell betrieben, Antonia Marx aber ist Mieterin des Ladens und der gemeinsamen Wohnung in der Etage über dem Geschäft, das die beiden laut Aussagen der Nachbarn zusammengeführt haben. Antonia Marx haben wir bisher nicht antreffen können. Sie scheint verschwunden zu sein. Dass sie zweifelsfrei die Kasse des Geschäfts am Morgen nach dem Mord in einem Kanal versenkt hat, lässt sie sehr verdächtig erscheinen."

„Fahndung?"

„Werden wir veranlassen."

„Haben die beiden Morde etwas miteinander zu tun?"

Moretti zuckte mit den Schultern: „Bisher haben wir diesbezüglich keine Hinweise. Aber dass der Kanal, in dem der Portier gefunden wurde, nur wenige Meter von dem Lederwarengeschäft entfernt ist und der zweite Mord nur wenige Stunden nach dem ersten stattgefunden hat, ist zumindest auffällig. Und eher kein Zufall!"

„Die Befragungen im Hostel hat Sergente Mori durchgeführt, oder?"

„Ja", bestätigte Barillo. „Sie haben nichts ergeben. Ich habe seine Berichte gelesen."

„Ich möchte, dass Sie, Commissario", Rossi zeigte auf Moretti und auf Barillo, „und Sie, Barillo, die Ermittlungen in dem Hostel übernehmen. Zeigen Sie Präsenz und vermitteln Sie den Leuten, dass wir die Sache sehr ernst nehmen und alles tun, um den Mord aufzuklären!"

Moretti blickte entrüstet: „Selbstverständlich tun wir das!"

Rossi wiegelte mit einer Handbewegung ab: „Natürlich Commissario, das tun Sie, das glaube ich Ihnen. Verstehen Sie aber, dass wir Venezianer sehr lange auf sehr engem Raum zusammenleben. und wenn, sagen wir mal, ein alteingesessener Hotelier seinen langjährigen Freund in der Staatsanwaltschaft anruft und deutlich macht, dass ein Mord in seinem Etablissement seinen Geschäften nicht zuträglich ist, dann bekomme ich nur Minuten später einen Anruf und werde aufgefordert, Abhilfe zu schaffen."

Barillo nickt verständnisvoll.

Moretti schwieg – auch aus Bari kannte er diese Seilschaften, die nicht nur den Polizeialltag manchmal schwierig machten, sondern ihrem Auftrag, für Recht und Ordnung zu sorgen, zuwiderliefen: Was Recht und Ordnung waren, dass bestimmten nicht selten die Reichen und Mächtigen.

„Apropos Anruf", warf Barillo ein. „Aufgeklärt haben wir den anonymen Anruf, der uns überhaupt erst auf den toten Fratelli aufmerksam gemacht hatte. Es war diese Eisverkäuferin Maria Donzi, die verprügelt wurde."

„Die, die Sie genötigt haben?"

„Mitnichten Vize-Questore! Wir haben Sie nur befragt. Und es hat sich herausgestellt, dass die arme Frau zwar zusammengeschlagen wurde – aber ganz offensichtlich deshalb, weil sie zuvor gestohlen hatte!"

„Erzählen Sie!"

„Sie hat das ihrem Eiscafé gegenüberliegende Lederwarengeschäft am Abend betreten nachdem sie gesehen hatte, dass die Eingangstüre unverschlossen war. Sie hat dabei nicht nur den Toten entdeckt, sondern auch eine Tasche mit sehr viel Bargeld gefunden. Die hat sie mitgenommen, und ist anschließend von drei Männern überfallen worden, die ihr die Tasche wieder abgenommen haben. Es scheint so zu sein, dass die Männer sie beobachtet haben und ihr gefolgt sind. Bevor sie aber überfallen wurde, hat sie uns telefonisch, ohne ihren Namen zu nennen, über den Toten informiert."

Rossi knetete fahrig seine Hände. Seine Knöchel knackten. „Das wird ja immer komplizierter und entwickelt sich zu einem dicken Fall. Wir müssen ihn lösen! Commissario, Sergente, greifen sie auf alle Ressourcen zurück, die Sie brauchen, Sie haben freie Hand. Aber klären Sie den Fall, bevor er uns um die Ohren fliegt!"

Barillo salutierte.

Moretti nickte.

Tim Che

18

Sergente Alfredo Mori meldete sich krank. Ihm war schlecht. Ganz plötzlich hatte es ihn heiß und kalt zugleich durchströmt – und dann war die Übelkeit gekommen …

… dass Barillo sich bei dem neuen Commissario ganz offensichtlich schon lieb Kind gemacht hatte, den Zeitungsbericht, der den Commissario ganz gehörig diskreditierte runter gespielt und als Falschmeldung entlarvt hatte – sei's drum;

… dass er, Mori, von den Ermittlungen im Hostel abgezogen worden war, das war ihm, auch wenn es eine Demütigung bedeutete, eigentlich ganz recht;

… dass sein besonnenes Handeln am Telefon, als er Hinweis vom Barbesitzer weitergegeben hatte, nicht mal mit einer Silbe gewürdigt worden war, war leider normal;

… dass sich der junge Sergente, der mit ihm um die nächste Beförderung konkurrierte, als Elektro- und Computer-Spezialist wieder einmal in den Vordergrund gespielt hatte und die Aufgaben übertragen bekommen hatte, die im Kanal versenkte Kasse zu untersuchen, das wurmte Mori zwar,

… aber dass ihm vom Fahndungsfoto der Antonia Marx, der Frau des Getöteten, unzweifelhaft, trotz der gefärbten Haare, die Frau angeblickt hatte, die er im Hostel nicht vernommen hatte, weil der Hotelier sie mit Beschlag belegt und ihn, Mori, wie einen Lakaien hatte abblitzen lassen, das ließ Sergente Moris

Magensäfte kochen.

„Ich hätte den Fall lösen können. Beide Fälle!" Mori wischte sich seinen Mund ab, an dessen Winkeln noch Erbrochenes klebte. Ziellos eilte er durch die Stadt. Er wusste nicht, was er tun sollte. Weder konnte er sich seelenruhig zu Hause ins Bett legen, noch aber in der Questura darauf warten, dass sein Versäumnis entdeckt wurde. Die Frau war in beide Mordfälle verwickelt, hatte vielleicht zwei Menschenleben auf dem Gewissen. Nur er wusste das. Aber er war es auch, der sie hatte entwischen lassen.

20 Minuten später stand sein Entschluss fest:

Er würde auf eigene Faust sein Versäumnis wieder gut machen.

Er würde die Doppel-Mörderin verhaften.

Er würde der Held der Questura sein.

Er würde befördert werden.

19

Sie begegneten sich nicht.

Antonia nahm den Notausgang. Sie trat durch die seit gestern freigeräumte Türe, die ihr das heimliche Verlassen und Betreten des Hostels ermöglichte, auf die Straße, schirmte ihre Augen gegen die vom Himmel brennende Sonne ab, setzte sich flugs die große Sonnenbrille, die ihr zusätzliche Deckung versprach, auf und verschwand im Gassengewirr. Sie trug ein schlabberiges T-Shirt, eine alte Jeans und Turnschuhe, hatte ihre Haare unter einer Kappe verborgen und auf den ersten Blick wenig Ähnlichkeit mit ihrer gestrigen Erscheinung.

Sergente Mori, der zur gleichen Zeit die normale Treppe des Hostels emporschlich, hatte sich auch getarnt: sich seiner Uniform entledigt und bemühte sich, nicht aufzufallen. Er wollte der Gesuchten auflauern und sie dingfest machen.

Sie verpassten sich;

sie hätten sich wahrscheinlich auch nicht erkannt.

Antonia war unsicher. Auto oder Zug? In einer der Garagen an der Piazzale Roma stand ihr Alfa Romeo. Sündhaft teuer war die monatliche Stellplatzmiete – aber Angelo und sie hatten sich diesen Luxus des eigenen Autos vor der Tür leisten wollen.

Und können.

Sie fluchte still: „Hätten wir uns bloß nicht auf die Sache eingelassen! Ach hätten wir doch bloß unsere kleine Boutique in Mailand behalten und arm und ehrlich gelebt."

„Ja", gestand sie sich ein, „ganz ehrlich waren wir zuletzt auch in unserer Boutique nicht gewesen." In China gefälschte Markenklamotten hatten sie als echte Ware deklariert und verkauft, um wenigstens kleine Gewinne zu erzielen.

„Aber dann kamen sie – mit ihrem unwiderstehlichen Angebot." Antonia warf ihren Kopf hin und her, als könnte sie das Geschehene wegschütteln.

Angelo kannte einen von ihnen von früher. Und auch ihr war Angelos Jugendfreund, den er eines Abends mit nach Hause gebracht hatte, nicht unsympathisch gewesen. Seiner Geschichte vom schnellen Geld aber stand sie anfangs skeptisch gegenüber.

Bis sie mit Angelo in Zürich gewesen war.

Nicht nur der Reichtum, die imposante Villa mit Blick auf den See und die mit Luxusautos prall gefüllte Garage oder erlesenen Kunstwerke und der prachtvolle Schmuck, des Albaners hatten sie beeindruckt, sondern sein Auftreten und seine Aura selbst: Diese Selbstsicherheit, diese Anmut, diese Macht und Kraft, die er ausstrahlte – an einen Tiger hatte sie der Albaner, der Bandenchef, erinnert. Sie hatte es sich nicht anmerken lassen – aber der Albaner hatte sie binnen Minuten in ihren Bann gezogen. Nein, verfallen war sie ihm nicht, aber willfährig genug, alle Vorsicht und Bedenken fallen zu lassen und sich ihm zusammen mit Angelo ganz und gar hinzugeben.

So waren auch sie kleine Rädchen in der internationalen kriminellen Organisation des Albaners geworden. Rädchen, die, liefen sie nicht mehr rund, entfernt und ausgetauscht wurden.

Wie Angelo.

Totgeprügelt und weggeworfen.

Sie nahm den Zug.

Die Entscheidung hatte sie spät getroffen. Erst als sich zischend die Fahrstuhltüren der achten Ebene des Parkhauses öffneten, hatte sie die Angst überkommen: „Vielleicht warten sie am Auto auf mich?"

Dass niemand wartete, konnte sie nicht wissen. Des Albaners gedrungene Schergen wussten nichts von dem Auto oder dem Parkplatz und Moretti und Barillo hatten versäumt, den Schlüsselbund des toten Angelo zu inspizieren.

Eingequetscht saß Antonia im proppenvollen Zug nach Mailand. Von tausend Augen fühlte sie sich angestarrt, und ertappt Es schien ihr, als könnten alle ihre Gedanken lesen, als wüsste der Mann im Anzug gegenüber von ihren Verbrechen und die Oma links von dem Mordplan, den sie schmiedete, ihre Stirn blutrot besudelt mit dem Wort schuldig.

Mauro, der Schaffner des Zuges, dem zwei Tage zuvor Antonia Rätsel aufgegeben hatte, registrierte ihre Anwesenheit nicht Sie erkannte ihn ebenso wenig; sie hielt ihren Kopf nicht nur gesenkt, als die beiden Bahnhofspolizisten desinteressiert den Gang entlang geschlenderten, sondern sie tat die Fahrt über so, als würde sie abwechselnd schlafen, ihren Kopf zum Fenster gedreht, oder die Landschaft mustern.

Obwohl ihr die Straße, das Haus und die Wohnung vertraut waren, waren sie ihr doch fremd: Seit Angelos Tod war die Welt eine andere – eine kältere und grauere. Roch die Wohnung schon immer so muffig? Lag immer so viel Müll auf der Straße? Fühlte sich der Stoff der Handtücher schon immer so hart an?

Fahrig tupfte Sie sich mit dem Handtuch, das sie zuvor unter den kalten Wasserstrahl gehalten hatte, das Gesicht und betrachtete es aus Gewohnheit anschließend kurz. Für einen Augenblick stutzte sie – es war weiß, die sonst übliche Makeup-Spur war nicht zu sehen.

„Kein Schminken mehr", dachte sie, „die Zeit der Verkleidung ist vorbei."

Sie zog die Schublade des Waschtisches auf und langte mit ihren schlanken Fingern hinter die Rückwand der Schublade und angelte ein in ein Küchenhandtuch verschnürtes Päckchen hervor.

Schwarz glänzend lag die Waffe in ihrer Hand. Wie eine Opfergabe hielt sie die Pistole auf ihren geöffneten Handflächen und betrachtete sie mit unscharfen Blick, schien durch sie hindurchzuschauen und zu sehen, was das Stück Metall anzurichten vermochte.

Anrichten wird, korrigierte sie ihre Gedanken.

Dass Großkatzen nur mit Gewehren erlegt werden konnten, ihre 9mm-Pistole dem albanischen Tiger nichts anhaben würde, ahnte sie nicht.

20

Barillo und Moretti staunten. Nico Matinello, der 23-jährige Sergente, hatte binnen kürzester Zeit die aus dem Kanal gefischte Kasse auseinandergenommen, gesäubert und wieder zusammengesetzt – dass sie trotzdem nicht funktionierte, erklärte Matinello ihnen: „Es ist eine elektrische Kasse. Die Bauteile sind nass. Ich kann sie noch nicht an den Strom anschließen, sondern zuerst muss die ganze Feuchtigkeit raus. Vielleicht funktioniert sie dann wieder."

„Und was ist das?", fragte Barillo und zeigte auf zwei kleine Kästchen, die neben der Kasse lagen.

„Ja –", sagte Matinello langgezogen, „das ist wirklich merkwürdig: das sind eigentlich EC- und Kreditkarten-Terminals."

„Richtig, richtig", Barillo nickte, „da stecke ich auch immer meine Karte rein, gebe die PIN ein und Bing, schon habe ich bezahlt und das Geld wird von meinem Konto abgebucht. Zwar ist mir das nie ganz geheuer – aber heutzutage wird man ja schief angeguckt, wenn man mit dem guten, alten Bargeld bezahlen will!"

„Was ist merkwürdig daran?", fragte Moretti.

„Schauen Sie!" Matinello legte die beiden Karten-Terminals nebeneinander. Auf den ersten Blick konnten weder Barillo, noch Moretti einen Unterschied feststellen. Beide Geräte verfügten über einen Schlitz am oberen Ende, um die Kreditkarte einzuführen, über ein Display, auf dem im eingeschalteten Zustand ihrer Erinnerung nach der zu zahlende Betrag angezeigt wurde und eine Tastatur, mit der die PIN eingegeben wurde.

Matinello drehte die Geräte um. Auch ihre Rückseiten unterschieden sich kaum; aber das Plastik des einen wirkte billiger, etwas grauer – und ein kleines, aber unsauber gebohrtes Loch, dessen Rand ausfranst war, wirkte unpassend. Matinello nahm die Deckel, die bereits gelöst und nur aufgelegt waren, ab. In beiden Geräten herrschte ein Gewirr von Kabeln, Platinen und elektronischen Bauteilen – aber ansonsten unterschied sich das Innenleben deutlich. Hätten Barillo und Moretti nicht gewusst, dass es dasselbe Gerät war, sie hätten es für zwei völlig unterschiedliche gehalten.

„Zuerst dachte ich, es würde sich um zwei verschiedene Versionen, also vielleicht ein altes und ein neues Gerät, ein Update, handeln. Aber dann habe ich mir die Bauteile genauer angeguckt und den Hersteller kontaktiert", trug Matinello vor. Er zeigte auf das linke Gerät, das mit dem Loch in der Gehäuserückseite, dessen Innenleben für Barillo und Moretti unaufgeräumter wirkte und sagte: „Das ist eindeutig ein manipuliertes Gerät!"

„Was heißt das?"

„Die Geräte werden normalerweise direkt an die Telefonleitung, also ans Internet, angeschlossen. Wenn eine Zahlung durchgeführt werden soll, verbindet sich das Gerät direkt mit einer Bank. Genaugenommen mit dem Server der Abrechnungsstelle, mit dem die Akzeptanzverträge geschlossen wurden. Die Verbindung ist verschlüsselt und niemand kann die

Daten abfangen. So hat beispielsweise auch der Laden, in dem das Bezahlkarten-Terminal betrieben wird, überhaupt keinen Zugang zu dem Gerät", dozierte Matinello, und setzte nach: „Normalerweise."

„Aber mit dem hier", Moretti zeigte auf das manipulierte Gerät, „konnte der Laden die Daten abgreifen?", schlussfolgerte Moretti.

„Nicht nur das! Aus dem manipulierten Gerät führt nur ein USB-Kabel."

Moretti kräuselte unwissend seine Stirn.

„Dieses Gerät kann gar keine Verbindung zu den Bankrechnern aufbauen. Das ist ein geschlossenes System: das Gerät selbst arbeitet normalerweise verschlüsselt, die Authentifizierung mit dem Bankrechner ist verschlüsselt und natürlich der ganze Datenaustausch. Es muss ja auch die PIN geprüft werden, also die wird an die Bank übertragen und nur, wenn sie okay ist, wird die Zahlung autorisiert."

„Hmm – und wie wurde dann hier manipuliert?"

„Das Gerät verbindet sich gar nicht mit dem Bankrechner, sondern wurde nur an einen lokalen Computer angeschlossen." Matinello, der stolz auf seine Ermittlungsergebnisse war, blickte triumphierend Moretti und Barillo an und fuhr fort: „Die müssen das so gemacht haben: Die Kunden haben beispielsweise ihre Kreditkarte in das Gerät gesteckt und ihre PIN eingegeben – und diese Daten sind dann unverschlüsselt auf dem angeschlossenen Computer gelandet."

„Aber wie haben die dann das Geld für den Einkauf bekommen?" Den Denkfehler in Matinellos

Ausführungen hatte Moretti entdeckt.

„Hmm – genau weiß ich das nicht, aber ich vermute, dass die die Daten der Kreditkarte auf einen Rohling kopiert und diesen dann anschließend in das Zweite, nicht manipulierte Gerät gesteckt haben. Dann haben sie die zuvor ausgespähte PIN eingegeben und selbst die Zahlung durchgeführt ... "

„... und konnten so natürlich auch höhere Zahlungen durchführen!", schloss Moretti.

„Was für ein Rohling?", fragte Barillo.

„Kredit- und Kontokarten sind einfach nur billige Plastikkarten, die immer über einen Magnetstreifen und meist einen Chip verfügen. Die Dinger sind frei verkäuflich und kosten nur ein paar Cent. Jeder kann den Magnetstreifen und Chip einer dieser Blankokarten mit Daten beschreiben. Ein entsprechendes Gerät vorausgesetzt."

„Aber spätestens wenn die Leute ihre Kontoauszüge sehen, merken sie doch, dass Geld fehlt!", warf Barillo ein.

„Dann ist es jedoch schon zu spät, das Geld bereits weg!"

Barillo dachte laut nach: „Das bedeutet ja, dass man jedes Mal gucken müsste, ob das Karten-Terminal auch richtig mit der Telefonleitung verbunden ist!"

„Selbst das würde keine Sicherheit bieten: Das Gerät könnte viel unauffälliger manipuliert werden und ganz normal in der Telefondose stecken – nur, dass die Leitung im Hinterzimmer endet. Man müsste das Gerät schon aufschrauben und nachgucken und überprüfen, ob der Datenstrom verschlüsselt ist und mit dem

Bankrechner korrespondiert", erläuterte Matinello.

Moretti war beeindruckt. Zwar zollte er den Betrügern ob ihres raffinierten Verbrechens keinen Respekt, aber gewieft waren sie, keine Frage.

Zugleich war er erschrocken: So einfach war es also, fremde Konten zu belasten! Er fuhr sich durch seine Haare und spannte den Gedanken weiter: gut möglich, dass den Betrogenen gar nicht auffiel, dass sie erleichtert worden waren: Denn wer schrieb sich im Urlaub schon jede Ausgabe auf? Wenn die Täter vorsichtig vorgingen, konnten sie immer wieder mit der nachgemachten Karte und der PIN Verfügungen vornehmen.

Plötzlich offenbarte sich das ganze Verbrechen vor seinem inneren Auge: Die Täter hatten ein Geschäft mit dem Vorsatz eröffnet, möglichst viele Kunden anzulocken. Das erreichten sie, in dem sie begehrte Waren günstig anboten.

Die Ledertaschen für 19,- €!

Wie teuer die Taschen die Käufer wirklich zu stehen kommen würden, konnten diese nicht ahnen. Abgerechnet wurde, wie immer im Leben, am Schluss – und das vermeintliche Schnäppchen entpuppte sich allzu oft als Kostenfalle.

Moretti saß in seinem Büro und starrte in die Luft. Angestrengt dachte er nach. Barillo hatte vor seinem Schreibtisch Platz genommen und schwieg. Anderen wäre der Ermittlungseifer vielleicht erloschen, nachdem sie erfahren hätten, dass sie es mit einer Tat im kriminellen Milieu zu tun hatten – konnten sie doch froh sein, dass die Verbrecher sich gegenseitig abmurksten –, aber Moretti war über die Ablenkung, die die Ermittlungen brachten, dankbar. Und auch wenn er selbst das schlechteste Beispiel abgab: er glaubte an das Gesetz und achtete es. Dass er es beim Verschwinden seiner Tochter selbst in die Hand genommen hatte, bereute er nicht – auch wenn er es sich selbst nicht verzieh hatte. Und dass sein Handeln falsch und nicht gottgefällig gewesen war, war offenbar: Don Alfonso lebte. Sein Amoklauf war umsonst gewesen.

„Die drei Männer!" Moretti lenkte seine Gedanken zurück zum Fall. „Haben sie Angelo getötet? Oder doch die Frau? Und war es ein aus dem Ruder gelaufener Raubüberfall? Oder steckt mehr dahinter?", fragte Moretti laut.

„Wieso sollte die Frau ihren Mann quälen?"

„Unwahrscheinlich, ja. Aber vielleicht gab sie den Auftrag?"

„Das Geld", sagte Barillo schwermütig seinen Kopf hin- und her bewegend, „es geht nur ums Geld. Das Geld ist schuld, die Gier danach."

„Der Spur des Geldes folgen – richtig!" Moretti reckte seinen Kopf hoch und seine Nase schien die Witterung aufzunehmen. „Alle Karten-Zahlungen, die das Geschäft abgewickelt hat, müssen aufgelistet werden. Wir müssen alle Kunden, die dort mit Karte bezahlt haben, warnen! Barillo, weisen Sie den jungen Sergente an, herauszufinden, mit welchem Finanzunternehmen der Laden die Kartenumsätze abgerechnet hat. Wir brauchen dann eine Aufstellung aller Umsätze und müssen alle Banken und Kreditkartengesellschaften der betroffenen Kunden warnen."

Barillo stöhnte innerlich. Er mochte Ermittlungsarbeit – aber nicht die am Schreibtisch, sondern die draußen, an den Tatorten, bei den Zeugen. Die Aussicht, tausende Datensätze zu wälzen und Telefonate zu führen, bereitete ihm Unbehagen.

Weder Barillo noch Moretti wussten, dass die Betrugsvorbeugungsmechanismen der Banken und Kreditkartengesellschaften ausgefeilt waren – Minuten später, nachdem Sergente Nico Matinello den Kartenzahlungsdienstleister des Lederwarengeschäfts über die Manipulation in Kenntnis gesetzt hatte, wurden weltweit alle Karten, die als Zahlungsmittel in dem Laden zum Warenkauf eingesetzt worden waren, unter Beobachtung gestellt, PIN-Verfügungen gesperrt und die Kunden informiert.

Es war genau ein Kunde, dessen Karte und Konto diesen prophylaktischen Maßnahmen unterzogen wurden, denn nur eine einzige Kartenzahlung hatte das Lederwarengeschäft abgewickelt.

Canale Giro

21

Sie nahm eine andere Telefonzelle. Sie wählte dieselbe Nummer wie am Tag zuvor. Das Prozedere war gleich, sie durchbrach das Schweigen der hergestellten Verbindung mit „Ich bin's!"

„Ja." Die Stimme war eine andere.

„Ja."

„Du hast die Geräte?"

„Alle?"

„Gut. In einer Stunde in Mestre im Hafen."

„Nein. In Venedig. In fünf Stunden. Um 22 Uhr."

Sie hörte, wie der Hörer abgedeckt wurde.

„Okay. Aber nicht im Laden oder Wohnung."

„Calle de Pignoli. Da ist ein Café."

Wieder verstummte das Gespräch für einige Sekunden.

„Gut."

Sie wusste, was sie wollten: sie in einer stille Ecke über den Haufen fahren oder totschlagen.

Sie wusste, was sie wollte: sie erschießen – egal wo.

Sie eilte ins Hostel zurück. Auch wenn sie aufgeregt war – sie musste sich ausruhen! Die Hin- und Rückfahrt nach Mailand hatte den ganzen Tag gedauert. Sie war erschöpft. Die vom Regen feuchtigkeitsgetränkte Luft, die die Sonne nach dem Gewitter in Dampf verwandelt hatte, machte das Atmen schwer. Wie ein Fisch auf dem Trocknen schnappte Antonia nach Luft. Die Kleidung klebte ihr am Körper, der Schweiß lief ihr das Gesicht hinab.

Die tropische Schwüle ließ Sergente Mori in das klimatisierte Café schräg gegenüber des Hostels flüchten, nachdem er im Hostel selbst keinen geeigneten Observationsplatz gefunden hatte und in der Gasse dem Klima ungeschützt ausgesetzt gewesen war. Sein Sitzplatz bot ihm zwar ausgezeichneten Ausblick auf den Eingang des Hostels selbst – da sich Antonia jedoch von der anderen Seite der Gasse näherte, konnte er nur kurz ihren Rücken entdecken – einen Rücken ohne besondere Kennzeichen einer beliebigen Backpackerin, die in dem Hostel nächtigte. Er erkannte sie nicht.

Antonia ließ sich auf das ungemachte Bett fallen. Sie wollte ihre Augen schließen, sie einfach zu machen; nichts mehr sehen, nichts mehr fühlen, nichts mehr tun –

Aber das konnte sie nicht. Noch nicht.

Sie raffte sich wieder hoch und zog den Nachttisch von der Wand. Der Laptop und das Geld waren noch da. Erleichtert atmete sie auf und legte sich wieder hin, ihre große schwarze Umhängetasche stellte sie direkt neben sich; die geladene Pistole ruhte auf dem Boden der Tasche – sie beide waren bereit: die Pistole, ihre stahlharte Munition in weiches Fleisch zu jagen und es zu zerfetzen und Antonia, Angelos Tod zu rächen und sich selbst für ihre Taten zu richten.

22

„*Vaffanculo!*" Sergente Alfredo Mori fluchte. Seit das Café vor zwei Stunden geschlossen hatte, trieb er sich in der Gasse herum, ging nervös auf und ab, blickte in die Schaufenster der beiden einzigen Läden und versuchte, unauffällig zu sein. Er wusste, dass er es nicht war. Trotzdem bemühte er sich, einen harmlosen Eindruck zu machen: wenn er Schritte hörte, jemand gleich um die Ecke in die Gasse biegen würde, bückte er sich schnell und begann, umständlich seinen Schuh zu binden; oder er kramte betont auffällig in seinen Taschen, die Suche nach einer Zigarette vortäuschend. In der letzten halben Stunde aber war niemand mehr gekommen. Selbst im Hochsommer, zur Hauptreisezeit, war Venedig in der Nacht fast ausgestorben: die Tagestouristen waren in ihre Hotels und auf ihre Campingplätze an den umliegenden Stränden zurückgekehrt, die Kreuzfahrer schaukelte in ihren Kabinen, längst wieder in See gestochen, die Einheimischen erholten sich in ihren eigenen vier Wänden vom Trubel des vergangenen Tages – und die wenigen Übernachtungsgäste saßen in Bars oder Restaurants oder flanierten auf den beliebten Plätze und besuchten Attraktionen wie den Markusplatz oder die Rialto-Brücke. In die Calle de Pignoli verirrte sich fast niemand – nur etwa eine Stunde zuvor hatte Lärm die Gasse erfüllt, als eine Gruppe von etwa zwanzig jungen Leuten das Hostel stürmte, aus dessen Fenstern Sergente Mori seitdem heiteres Lachen, laute Pop-

Musik, rauschende Duschen und Flaschengeklirre vernahm. Die Glocke des nahe gelegenen *Campanile* schlug zweimal, Mori schob den Ärmel seines Hemdes ein Stück hoch und betrachtete nachdenklich seine Uhr: 21.30 Uhr.

„Noch eine Stunde bleibe ich, maximal anderthalb Stunden!", sagte er zu sich selbst und verlagerte sein Gewicht von einem Fuß auf den anderen.

Mori, den die Questura krank zu Hause wähnte, erreichte die Fahndungsmeldung nicht.

Maria Donzi, die, aus dem Krankenhaus entlassen, ihre Kinder so gedrückt und geküsst hatte, als wären sie eben erst auf die Welt gekommen (dabei war es Maria, die sich wie neugeboren fühlte), war am Nachmittag der Aufforderung der Questura gefolgt, im Revier erschienen und hatte dort zusammen mit dem Polizeizeichner an der Identifizierung der drei Männer gearbeitet.

Sergente Alfredo Mori kannte die erstellten Phantomzeichnungen der drei Männer, auf die er gleich treffen würde, nicht.

Die Sohlen ihrer Turnschuhe quietschten nur leise – Mori bemerkte die beiden Männer, die links aus der Calle Fibuera gekommen waren, erst spät; dass sich gleichzeitig ein dritter Mann aus der Calle de Ballotte näherte, nahm Mori gar nicht wahr. Er bemühte sich, möglichst teilnahmslos zu erscheinen; vielleicht wie jemand, der im Begriff war, das Hostel zu betreten oder für eine Zigarettenpause an die frische Luft gegangen war. Er spitzte seine Lippen und pfiff leise vor sich, blickte demonstrativ auf seine Uhr, schlenderte ein paar Schritte auf und ab, den Wartenden mimend.

Auch die beiden Männer, die ihm entgegenkamen, versuchten, harmlos zu wirken.

Weder Mori noch den dreien gelang es – keinem von ihnen fiel jedoch das Theater, das der jeweils andere spielte, auf.

Die beiden Männer blieben vor dem geschlossenen Café stehen und unterhielten sich mit gedämpften Stimmen; der eine gestikulierte. Unschlüssig trat auch der dritte ein Stück entfernt auf der Stelle. Während Mori desinteressiert in den Himmel blickte, bedeutete einer der Männer vor dem Café dem dritten mit einer brüsken Handbewegung, zu verschwinden. Kurz darauf gingen auch die beiden weiter, sich noch mehrmals verstohlen umdrehend.

Wenige Minuten später betrat einer der Männer erneut die Gasse, ging mit festem Schritt, wie jemand, der von der Arbeit nach Hause eilt, schnurstracks auf Mori zu, der sich im Eingang des Cafés rumdrückte. Mit gespielter Verwunderung registrierte der Neuankömmling, dass das Café geschlossen hatte und wandte sich an Mori: „*Chiuso?*"

„*Si!*", antwortete Mori.

Der Mann grunzte und setze bedächtig seinen Weg fort. Angestrengt dachte er nach, wurde noch langsamer und stellte sich in den nächsten Hauseingang, eine Zigarette hervorkramend, sie ansteckend, sein Gesicht im Schatten verbergend und abwartend.

Auch Mori wartete.

Beide hofften, dass der andere gleich verschwinden würde.

Antonia kam der Mann irgendwie bekannt vor. Hatte sie ihn im Haus des Albaners in Zürich gesehen? Oder war es einer der Männer, die regelmäßig in den Laden gekommen waren, um Geld abzuholen? Sie wusste, dass sie ihn schon mal gesehen hatte; und den Unterleib eines im nächsten Hauseingang wartenden Mannes hatte sie auch entdeckt. Sie ließ die Gardine ihres Fensters im ersten Obergeschoss des Hostels langsam sinken; trotz ihrer Anspannung machte sie keine hektischen Bewegungen.

Kalt war der Stahl der Pistole, die sie fest in ihrer Hand umklammert hielt, kalt war der Schweiß auf ihrer Stirn, den sie sich mit einem Zipfel der Gardine wegwischte, kalt war ihr Herz, das nach Rache dürstete.

„Sie sind da! Es ist so weit."

Antonia schlüpfte in ihre Turnschuhe, band sich die Haare zusammen, setze sich eine Kappe auf und zog sie tief ins Gesicht. Wieso sie ihr Aussehen im Spiegel überprüfte, wusste sie nicht – vielleicht, weil es der letzte Blick sein konnte?

Den Laptop hatte sie mittig auf das Bett gelegt, dessen Kanten penibel an der des Bettes ausgerichtet – ordentlich sollte alles sein – und oben drauf lag ein hastig gekritzelter Brief, vier lose Blätter: Ihr

Geständnis, mit dem sie ihr Gewissen beruhigen, Angelos Namen reinwaschen und den Albaner zur Strecke bringen wollte.

Niemand würde es je lesen.

Ungelenk war die Choreografie des Schusswechsels, der die abendliche Stille zerriss.

Antonia war die Treppe des Notausganges heruntergehuscht, hatte vorsichtig die Tür, die auf den Innenhof des Hostels führte, geöffnet und war den schmalen Gang vom Hof zur Calle de Pignoli entlanggeschlichen. Vorsichtig hatte sie um die Ecke gespäht und Mori ins Visier genommen, langsam bis drei gezählt und abgedrückt. Der Schuss peitschte quer über die Gasse – und schlug Millisekunden nach Verlassen des Laufes in Moris Schulter ein. Antonia schwenkte die Waffe und richtete sie auf den zweiten Mann. Unterdessen rutschte Mori wie in Zeitlupe zu Boden, kein Ton kam über seine Lippen; er konnte nicht fassen, was geschehen war und betrachtete mit weit aufgerissenen Augen das Blut, das sein Hemd rot färbte. Wieder drückte Antonia ab – der zweite Schuss hörte sich in ihren Ohren viel leiser an, als der erste; nochmal und nochmal zog sie in schneller Folge den Abzug durch, bis sie die Pistole plötzlich fallen ließ und zu Boden sank ...

Wilde Schreie und erregtes Fußgetrampel erfüllten die kleine Gasse, Schatten zuckten und wie Donnerschläge dröhnende weitere Schüsse hallten an ihren Wänden entlang.

Canale Giro

23

Nicht alles würde gut werden – das wusste Moretti. Die Vergangenheit ließ sich weder auslöschen, noch das Geschehe ungeschehen machen.

Im Leben gab es keine *undo*-Taste.

Die Narbe würde, auch wenn sie verheilt wäre, jucken und schmerzen. Moretti sehnte diese Schmerzen herbei – denn noch war die Wunde offen; aber sie tat nicht mehr weh. Abgestumpft waren Laura und er – in den hintersten Winkel hatte sich ihre empfindsame Seele verkrochen, war vor den Schmerzen geflüchtet und fristete ihr Dasein in kalter Einsamkeit. Wieder hervorzukommen würde bedeuten, wieder zu fühlen – und zu leiden.

Moretti aber war soweit. Und nach der gestrigen Nacht, in der Laura und er engumschlungen eingeschlafen waren, sich wie zwei Ertrinkende aneinandergeklammert hatten, glaubte Moretti, dass auch Laura bereit war; bereit, die Realität zu akzeptieren und endlich zu beginnen, das Geschehene zu verarbeiten.

Er nahm einen tiefen Schluck aus der kalten Bierflasche, lehnte sich gegen den Rahmen der Balkontür und blickte gedankenverloren über die Brüstung hinaus auf die Straße und die gegenüberliegenden Häuser. Er hörte das Geschirr und Besteck klappern, das Laura in die Spülmaschine einräumte. Es war das erste Mal seit Monaten, dass sie wieder gekocht hatte – schon ihre SMS am Nachmittag, wann er denn nach Hause käme, hatte ihn verwundert und er hatte sich die letzten Stunden des Arbeitstages Sorgen um sie gemacht, das Schlimmste befürchtet und mit mulmigen Gefühl die Wohnungstüre aufgeschlossen. Umso größer war seine Verwunderung, als er den gedeckten Tisch bemerkt und Laura kurz darauf eine große Schüssel Risotto serviert hatte. Schweigend hatten sie gegessen – sich an dem Tisch gegenübergessen, an dessen Stirnseite der dritte Platz leer geblieben war: Auroras Platz. Moretti hatte Lauras Hand nach dem Essen gegriffen, sie zärtlich gestreichelt und anschließend kräftig gedrückt und nicht wieder losgelassen.

Und dann hatte Laura plötzlich angefangen ... sie hatte tief Luft geholt und begonnen, zu reden; die Worte und Sätze purzelten aus ihrem Mund und sie erzählte ihm von den ersten Stunden, als seine Kollegen bei ihr gewesen waren, nachdem er in Don Alfonsos Haus eingedrungen war und anschließend die Nacht im Gefängnis hatte verbringen müssen. Sie hatte solche Angst gehabt, auch ihn zu verlieren.

Sie quälte nicht nur die Ungewissheit: war Aurora wirklich tot oder wurde sie weiterhin gefangen gehalten, hatte sie die Verstümmlung überlebt? –, sondern jeder Gedanke an Aurora, an das Furchtbare, dass ihr kleiner Engel hatte erleiden müssen, war Lauras tägliches Fegefeuer. Wie mochte Aurora geweint und gelitten haben, als sie von der Straße weg gekidnappt worden war, sicher gefesselt und geknebelt, und dann eingesperrt und misshandelt?

Jede Nacht wurde Aurora in Lauras Träumen lebendig – und wenn sie dann wieder aufwachte, erzählte Laura mit tränenerstickter Stimme Moretti, durchlebte sie den Verlust abermals, und fortwährend.

Moretti hatte still zugehört und Laura dabei fest in den Armen gehalten. Als ihre Tränen versiegt waren, ihr Redefluss unterbrochen, nahm er ihr Gesicht zwischen seine Hände und küsste zärtlich ihre Wange, schmeckte ihre salzige Haut. Unsicher erwiderte Laura seinen Kuss – sie sehnte sich nach seiner Nähe, sie liebte ihn, aber die Vorwürfe, die sie ihm heimlich machte – hatte er ausgerechnet gegen die Mafia ermitteln müssen, hätte er nicht Falschparkern Bußgelder verteilen können? – ließ sie Abscheu empfinden. Hin- und Hergerissen zwischen Zuneigung und Ekel küsste sie Moretti, biss ihm kräftig in die Lippe ... Liebe und Hass verspürend und den beiden widerstreitenden Gefühlen ihren Lauf lassend.

Vorsichtig fuhr sich Moretti über seine Schultern und betrachtete anschließend seine Hände, die voller Blut waren. Er hielt die Bierflasche an die Stellen seiner Schultern und seines Rückens, die Laura ihm zerkratzt hatte und an die er gelangen konnte. Die Kühle tat gut. Er schüttelte immer noch verwundert seinen Kopf: zuerst hatte er gedacht, sie würde ihm büschelweise die Haare ausreißen, als er mit seinem harten Glied in sie eingedrungen war, aber dann hatte sie ihren Griff gelockert, ihre Beine noch weiter gespreizt, ihm gierig aufgesogen und ihn aufgefordert, es ihr richtig zu besorgen. Sie hatte ihn nicht lange bitten müssen – er war ausgehungert gewesen, ihr letzter Sex lag Monate zurück. Lauras rohes Verlangen aber war ihm rätselhaft.

Er nahm den letzten Schluck und fröstelte – die Schwüle des vergangenen Tages war von einer frischen Brise weggeweht worden und Moretti schickte sich an, wieder ins Schlafzimmer zu gehen und sich zu Laura ins Bett zu legen, als sein Handy vibrierte.

„*Pronto!*"

„Commissario Moretti?"

„Am Apparat!"

„Hier Sergente Nico Matinello aus der Questura. Es tut mir leid, Sie stören zu müssen, aber es gab mehrere Schießereien. Zwei Kollegen sind verletzt, darunter auch Sergente Barillo, und mehrere Personen haben wir festgenommen."

Moretti stieß einen Überraschungsschrei aus: „Was ist passiert? Wie geht es Barillo? Wer ist noch verletzt? Wer wurde festgenommen?"

„Barillo war als einer der ersten an der Piazzale Roma und hat die Sperrung der Ponte della Liberta mit eingerichtet –"

„Welche Sperrung?", unterbrach Moretti.

„Die Ringfahndung, die eingeleitet wurde. Alle Kollegen wurden per Rundruf alarmiert. Sie hatten wir vorhin aber nicht erreicht", erwiderte Matinello lakonisch.

Moretti erinnerte sich, das Vibrieren seines Handys zwar wahrgenommen, aber unbeachtet gelassen zu haben, als er vorhin mit Laura geredet hatte.

Während er dabei war, sich anzuziehen, verlangte

er von Matinello Bericht – den dieser abgab: Es habe eine Schießerei in San Marco, vor dem Hostel, gegeben. Sergente Mori sei mehrmals getroffen worden. Eine Frau habe man festgenommen, mehrere männliche Verdächtige anschließend zur Ringfahndung ausgeschrieben. Diese seien ihnen bei ihrer Flucht unweit der Piazzale Roma ins Netz gegangen, hätten sich ihrer Verhaftung jedoch widersetzt und dabei Barillo verletzt. Näheres über den Zustand Barillos oder Moris wusste Matinello nicht zu berichten.

Canale Giro

24

„Von rechts kam der erste Schuss", sagte Mori weinerlich und zeigte auf seine verbundene Schulter, „und traf mich hier!"

„Was haben Sie denn dort überhaupt gemacht?", unterbrach Moretti, der die Befragung Moris schnell hinter sich bringen wollte, um den behandelnden Arzt nach Barillos Gesundheitszustand zu befragen.

Vor der Frage hatte sich Mori gefürchtet und, als er mit dem Notarzt-Boot ins Krankenhaus gebracht worden war, angestrengt nachgedacht und dabei fast seine schmerzenden Schussverletzungen vergessen „Ich hatte das Gefühl, dort nochmal nachschauen zu müssen."

„In Ihrer Freizeit? Oder sollte ich besser sagen: Während Sie krankgeschrieben waren?"

„Pflichtgefühl, Commissario, aus Pflichtgefühl. Ich hatte mich am Abend besser gefühlt und noch einen Spaziergang gemacht und war zufällig in der Nähe des Hostels und bin ein, zwei Mal durch die Gasse geschlendert und da sind mir sofort mehrere verdächtige Personen aufgefallen."

„Wieso fanden sie die Personen verdächtig? Soweit ich weiß, hatten sie von der Fahndungsmeldung keine Kenntnis, oder?"

„Davon wusste ich nichts, ja. Aber als geschulter Polizist nehme ich alles ganz genau wahr. Und die Männer kamen mir komisch vor und dann habe ich mich zurückgezogen, mir einen Beobachtungsposten gesucht und gewartet."

„Und dann?"

„Dann fielen die Schüsse. Erst war es einer, der mich traf, dann, glaube ich, knallten weitere Schüsse, und dann wurde ich ein zweites Mal getroffen."

„Den ersten Untersuchungen nach stammen die Kugeln aus zwei verschiedenen Waffen. Es handelt sich wohl einmal um ein 9mm-Kaliber und um eine 45er."

„Ich habe nicht nachgeguckt, was mich getroffen hat", sagte Mori pikiert, der seinen Einsatz und seine Verletzungen nicht ausreichend gewürdigt fühlte – aber Moretti war bereits verschwunden.

Auch im nächsten Zimmer, das von zwei Polizisten bewacht wurde, hielt sich Moretti nur kurz auf. Von Matinello hatte er bereits erfahren, dass es die gesuchte Antonia Marx, die Partnerin des getöteten Angelo Fratellis, war, die am Ort der Schießerei festgenommen worden war – mit einer Pistole vor ihren Füßen. Da sie schlief verzichtete Moretti drauf, sie sofort zu vernehmen und wies die Polizisten an, ihn zu informieren, sobald sie wieder ansprechbar war.

Dass es Barillo schwer erwischt hatte, wusste Moretti. Bevor Barillo in den OP-Saal geschoben worden war, hatte Moretti ihn, bei seinem Eintreffen im Krankenhaus, kurz erblickt: Barillos aschfahles Gesicht hatte sich kaum von der weißen Bettwäsche abgehoben und die eiligen Bewegungen, mit denen die Schwestern den ohnmächtigen Barillo über den Flur beförderten, ließen keinen Zweifel daran aufkommen, dass es nicht gut um Barillo stand.

Moretti stand vor den Türen des OP-Saals, über denen das sich drehende, rote Blinklicht von der Dramatik zeugte, die sich im Innern abspielte. So viele Jahre hatte Barillo für die Unversehrtheit anderer gerungen, sich für Recht und Ordnung eingesetzt – jetzt kämpften andere um sein Leben.

Das Licht verlosch, die Ärzte traten heraus, sich den Mundschutz herunterziehend und die Hände, noch feucht von Desinfektionsmittel, abtrocknend.

„*Scusi!*" Moretti wandte sich an einen der Ärzte.

„Ja?"

„Moretti. Kommissar. Wie steht es um den Sergente?"

Einen Augenblick hielt der Arzt inne – die Erschöpfung war ihm anzusehen und auch der Unwillen, nach der schwierigen Operation Rede und Antwort zu stehen: „Kommen Sie!"

Moretti folgte dem Arzt in sein Büro und erfuhr, dass Sergente Mauro Barillo überlebt hatte. Die Kugel hatte knapp sein Herz verfehlt – aber das Rückenmark verletzt. Was das bedeutete, vermochte der Arzt noch nicht abzusehen. Wahrscheinlich eine Querschnittslähmung.

Drei Stunden später führte Moretti mit Vize-Questore Rossi ein langes Telefonat. Moretti saß an seinem Schreibtisch in der Questura, Rossi im Schlafanzug im dunklen Wohnzimmer seines Palazzo, die Sonne würde erst in zwei Stunden aufgehen.

„Und die drei Männer, die die Eisverkäuferin

überfallen haben, sind die, die wir auf der Brücke festgenommen haben?"

„Ja. Sie haben versucht, mit ihrem Auto die eingerichtete Straßensperre zu durchbrechen – und dabei Barillo umgefahren."

„Tragisch, tragisch!"

„Ob Barillo wieder ganz gesund wird, ist fraglich."

„Der arme Barillo! Ich will, dass er wegen Tapferkeit schon morgen belobigt wird. Kümmern Sie sich darum, Commissario. Ach – und Sergente Mori hat ebenso eine Auszeichnung für seinen Einsatz verdient."

„Hmm!" Moretti schwieg.

„Doch, doch. Mori ist sicher nicht der beste Polizist, aber seinem Eifer und seiner Aufmerksamkeit haben wir zu verdanken , dass wir die drei Männer gefasst haben."

Moretti war nicht überzeugt davon, aber zu müde, mit Rossi zu diskutieren. Ohnehin waren ihm Auszeichnungen völlig egal – sollte Rossi von ihm aus die ganze Questura mit Orden beglücken, Hauptsache der Fall wäre gelöst.

„Was ich aber nicht verstehe, Moretti, steckt diese Frau nun mit den drei Männern unter einer Decke, ist sie Täterin oder Opfer? Und was hat es mit diesem ominösen Kartenterminal auf sich?"

„Genau wissen wir es noch nicht. Die Installation in dem Lederwarengeschäft diente zum Ausspähen von Kartendaten. Aber das Geschäft selbst hat nur eine einzige Zahlung abgerechnet."

„Vernehmen Sie die Frau, Commissario. Die Frau ist der Schlüssel!"

Spiegelblank waren die Kanäle, an denen Moretti vorbeiging. Den Weg vom Polizeikommissariat ins Krankenhaus hatte er sich eingeprägt und fand ihn ohne Mühe. „Wenn man sich einmal auskennt, ist es gar nicht so kompliziert", dachte er und genoss die Stille, die ihn umgab. Der Morgen dämmerte und die Serenissima schälte sich langsam hervor, erhob sich mit Anmut aus der Dunkelheit und entfaltete ihre Eleganz. Venedig schien Moretti nicht prunkvoll, teilweise im Gegenteil, blätterte doch der Putz von allen Häusern ab, waren Mauern allenthalben löchrig und Wände schief, aber richtig: „Alles ist da, wo es hingehört. Und es ist genau so, wie es sein sollte." Selten hatte Moretti ein Gefühl solcher unvollkommenen Vollkommenheit gehabt – Friede breitete sich in ihm aus und auf der nächsten Brücke, die er überquerte, blieb er stehen und blickte über das Wasser den Kanal entlang. „Es ist gut, dass wir hier sind!"

„Es ist gut, dass Sie hier sind, Commissario!", sagte der Polizist, der die Patientin bewachte. „Sie hat schon nach Ihnen gefragt."

„Nach mir?"

„Nicht direkt nach Ihnen, Commissario. Aber sie wollte jemanden sprechen und eine Aussage machen."

„Okay, danke." Moretti betrat das Zimmer, nickte dem zweiten Polizisten, der lustlos in einer Zeitschrift geblättert hatte und sich bei Morettis eintreten von seinem Stuhl erhoben hatte, zu und wandte sich an die aufrecht im Krankenbett sitzende Antonia: *„Buon*

Giorno!"

Sie nickte nur.

Moretti wünschte sich, dass Barillo jetzt hier wäre. Barillo würde die richtigen Worte finden und die Vernehmung erfolgreich führen. Ob ihm dies ebenso gut gelang, bezweifelte er. Er überlegte einen Moment, sah der Frau in die Augen, ihren Blick, der Entschlossenheit ausdrückte, erwidernd und versuchte, sich seine Taktik zu Recht zu legen. Dass keine notwendig war, Antonia danach gierte, ihre Geschichte erzählen zu können, konnte Moretti nicht wissen.

„Gehen Sie einen Kaffee trinken!", forderte Moretti den Polizisten auf.

Der Polizist guckte fragend: „Ich hatte schon, danke."

Moretti verdrehte die Augen: „Lassen Sie uns bitte allein!", befahl er dem Polizisten, der endlich verstehend nickte.

Moretti zog sich einen Stuhl heran und setzte sich neben Antonias Bett. „Mein Name ist Alessandro Moretti. Ich bin Kommissar bei der Venezianischen Polizei."

Antonia streckte ihren Rücken ein Stück weiter, schlug die Decke zurück, streckte ihre Hände in Erwartung klickender Handschellen vor und sprach mit fester Stimme: „Ich möchte eine Aussage machen."

„Deshalb bin ich hier."

„Äh –", Antonia zögerte und ließ ihre Hände sinken, „vernehmen Sie mich hier? Brauchen Sie denn dann kein Aufnahmegerät?"

Moretti lächelte: „Wir sperren keine Zeugen ein, leuchten ihnen weder mit Schreibtischlampen ins Gesicht, noch foltern sie. Ich bin erstmal da, um Ihnen zuzuhören."

„Okay. Danke!" Antonia war überrascht.

Antonias Unsicherheit und Anspannung hätte Moretti ausnutzen können, um sie auszuquetschen – er entschied sich aber, ihr Zeit zu geben, sich zu sammeln und wählte für die ersten Fragen die nach ihren Daten.

„Antonia Marx ist mein Name. Ich bin die Verlobte von Angelo Fratelli."

Moretti notierte nichts. Er hörte zu. Antonia redete.

„Ich habe ihn gefunden. Tot in unserem Laden. Ich weiß, wer es war."

Moretti nickte und bedeute Antonia, weiterzuerzählen.

„Habe ich sie getötet?" Antonias Augen waren weit geöffnet, mit Spannung erwartete sie Morettis Antwort.

„Nein!"

Antonia sackte in sich zusammen.

„Aber wir haben sie verhaftet."

„Gut!" Sie straffte sich und neue Energie durchflutete sie – sie hatte es geschafft, sie hatte Angelos Tod gerächt; nicht Auge um Auge und Zahn um Zahn, aber eine Strafe würden die Mörder bekommen. Auch wenn ihr der Boss entgangen war.

„Sie sind aber nur kleine Lichter, Bauernopfer, wie Angelo und ich", erläuterte Antonia.

„Wofür wurden sie geopfert?"

„Für Geld!" Antonia spie die Worte aus.

„Fremdes Geld?"

Antonia nickte betreten; Moretti sah ihr die Reue, die sie verspürte, an.

„Sie haben versucht, EC- und Kreditkarten zu fälschen?"

„Wir haben sie kopiert."

„Und dann?" Moretti war gespannt – bisher hatten sie nur eine einzige Verfügung dem Laden zuordnen können.

„Dann wurde die kopierte Karte in einen Geldautomaten gesteckt, die PIN eingegeben und Geld abgehoben. Viel Geld."

Das war es! Sie hatten die Karten gar nicht für die eigene Abrechnung im Laden benutzt und sich mehr Geld, als der Einkauf in Wirklichkeit gekostet hatte, gutschreiben lassen, sondern sich direkt Geld auszahlen lassen. „Wieviel Geld?"

„Ich weiß nicht. Wir haben nur die Daten abgefangen und auf die Karten kopiert. Abgehoben haben die anderen."

„Wer?"

„Die drei, die auch Angelo getötet haben. Und andere, die ich nicht näher kenne. Die sind regelmäßig in den Laden gekommen, und haben jeweils einige Karten mitgenommen und sie nach dem Abheben wieder abgegeben. Das Geld haben Ilir und Zoran kassiert."

Moretti strich sich seine Haare zurück und dachte nach. „Aber Sie haben auch Geld bekommen?"

„Natürlich. Wegen des Geldes haben wir mitgemacht."

„Und wieso wurde Angelo umgebracht?"

„Ich weiß es nicht genau. Er hatte schon zwei Tage vorher Streit mit Franco, Ilir und Zoran. Sie wollten, dass wir die Taschen noch billiger machten, um noch mehr Touristen in unseren Laden zu locken und Daten abzugreifen. Angelo aber wollte das nicht – und das hätte auch nichts gebracht, denn je kleiner die Summe, die die Kunden zu zahlen hatten, desto eher zahlten sie mit Bargeld. Wir konnten sie ja schließlich nicht zwingen, mit Karte zu zahlen."

„Und Franco, Ilir und Zoran – das sind nur Handlanger? Wer steckt hinter dem Betrug?"

„Dragan"

„... und der, der wohnt in der Schweiz?", setzte Moretti den Satz fort.

Antonia nickte – und berichte von der Villa am See und wie Angelo und sie in den Betrug reingerutscht waren.

„Wieso Venedig?", fragte Moretti.

„Weil die Idee vom Dragan, dem Albaner, war, dass in Venedig jedes Jahr über 20 Millionen Touristen doch nur darauf warten würden, ausgenommen zu werden. So viele Opfer – die im Urlaub viel unaufmerksamer sind. Und auch, weil Venedigs Bankautomaten am besten geeignet sind, Geld abzuheben."

„Wieso das?"

„Weil hier niemand auffällt, der eine Maske trägt!"

„Natürlich!" Moretti schaltete schnell: Heutzutage besaß jeder Geldautomat eine Kamera und zeichnete jeden auf, der ihn benutzte – in Venedig fiel niemand auf, der mit einer Maske an einem Geldautomaten stand. „Wo sind die Karten jetzt?"

„Wir haben sie ja immer an andere abgegeben. Die, die uns zurückgebracht wurden, haben wir in der Schweiz abgeliefert."

„Und das Geld?"

„Wir hatten nie viel Geld. Nur das, was wir für den Einkauf der Taschen brauchten und von Zoran bekamen und unseren Anteil natürlich. Etwa die Hälfte davon hatte Angelo im Tresor, die andere hatte ich – sie ist noch im Hostel. Da ist auch der Laptop mit den Kartendaten."

25

Vize-Questore Rossi wurde „gebeten", die Ermittlungen zu dem Kartenzahlungsbetrug nicht fortzusetzen. Niemand habe bisher Anzeige erstattet; und wer überhaupt geschädigt worden sei, wisse niemand, hatte Bürgermeister Mateo argumentiert und es wäre doch sehr, sehr schade, wenn der Tourismus leiden würde, sollte bekannt werden, dass in Venedig das bargeldlose Zahlen nicht mehr sicher sei.

4.312 Touristen, die während ihres Italien-Urlaubs in dem venezianischen Lederwarengeschäft ein Schnäppchen gemacht und dies mit Karte bezahlt hatten, entdeckten nach ihren Ferien auf ihren Konten Bargeldverfügungen an Geldautomaten, an die sie sich nicht erinnern konnten. Ching, Abteilungsleiter einer Softwarefirma in Peking, beachtete seine Kreditkartenabrechnung nicht weiter, Oleg und Marina, das junge, russische Pärchen, war so mit Hochzeitsvorbereitungen beschäftigt, dass sie vergaßen, den jeweils anderen zu fragen, ob er die Auszahlungen vorgenommen hatte, Herbert Braun, Pastor der St. Michaelis Kirche in Lübeck , rieb sich verwundert seinen kahlen Kopf und beschwerte sich bei seinem Herrn darüber, dass alles immer teurer wurde und er augenscheinlich mehr Geld bei seinem Venedig-Besuch ausgegeben hatte, als geplant.

Dragan, der albanische Tiger, saß in seiner Villa am Züricher See und feixte: er freute sich über die fast 7 Millionen Euro, die der Karten-Betrug seiner Bande eingebracht hatte. Seine drei Handlanger wurden für den Mord an Angelo Frascati und den versuchten Mord an Sergente Mori und Sergente Barillo zu lebenslangen Freiheitsstrafen verurteilt.

Antonia Marx, der mildernde Umstände zugestanden worden waren und die infolgedessen wegen unerlaubten Waffenbesitzes und gefährlicher Körperverletzung nur eine Bewährungsstrafe erhielt, hatte ihre Haarfarbe erneut geändert und ihre Haare kurz geschnitten. Unter der Mütze, die zu ihrer vorgeschriebenen Arbeitskleidung gehörte, sah man jedoch nur wenig von ihrer neuen Frisur. Ihren Dienst versah sie professionell – zuverlässig und zuvorkommend; war sie aber nicht gezwungen, den Gästen zuzulächeln, war ihr Gesicht ausdruckslos. Die anderen Stewardessen hatten es aufgegeben, sie in ihrer Freizeit zu Gemeinschaftsunternehmungen einzuladen; auch keiner der Piloten unternahm einen Annäherungsversuch. Antonia blieb alleine; aber Angelo in ihrem Herzen.

Das nigerianische Zimmermädchen, deren Namen sich *Signore* Baldini nicht merken konnte (oder wollte), hatte überraschend gekündigt und auf den Flug nach Lagos eingecheckt. In Ihrem Handgepäck, das sie fest umklammert hielt, hatte sie die 85.000,- € versteckt, die sie hinter der Kommode in einem Zimmer beim

Saubermachen gefunden hatte. Den auf dem Bett liegenden Laptop hatte sie für 100,- € in einem Second-Markt versetzt und das Stück Papier in die Mülltonne geworfen.

Der Blutfleck, den Sergente Carlo in der Wohnung von Antonia und Angelo gefunden hatte, geriet in Vergessenheit – niemand hatte Mario, dem toten Portier des Hostels, der schon lange zwei Meter unter der Erde auf San Michele ruhte, DNA abgenommen. Sein Tod blieb unaufgeklärt.

Sergente Mauro Barillo erholte sich nur langsam. Anfangs hatten die Ärzte seiner Querschnittslähmung keine Heilungschancen eingeräumt – Barillo aber kämpfte und schon nach einem halben Jahr konnte er auf Krücken gehen – wackelig, aber er ging und sollte in den folgenden Jahren, trotz seiner Frühpensionierung, Moretti bei vielen seinen Ermittlungen in der Lagunenstadt unterstützen.

Alessandro und Laura Moretti waren in anderen Umständen – und waren glücklich, als ihr Sohn im nächsten Frühjahr mit Hilfe Dottore Schipellis im Ospedale das Licht der Welt erblickte und schon bald darauf Kinderlachen in ihrer Wohnung ertönte. Dass auch ihre Tochter Aurora noch lebte und nicht lachte, wussten sie nicht.

Tim Che

Tim Che weiß, worüber er schreibt: In Venedig lebte er jahrelang - und jahrelang saß er im Gefängnis. Hinter dem Pseudonym verbirgt sich aber nicht nur ein Verbrecher, sondern auch ein aufmerksamer Beobachter, phantasievoller Geist und scharfer Denker: Der studierte Geisteswissenschaftler ist Doktorand.

tim-che@postmeister.pm